Blut ist dicker als Wasser

VOLKER HIMMELSEHER

Blut ist dicker als Wasser

Im Familienclan ins bessere Leben

Roman über die arabische Clanwelt

Bibliografische Information der Deutschen Nationalbibliothek:
Die Deutsche Nationalbibliothek verzeichnet diese Publikation
in der Deutschen Nationalbibliografie; detaillierte bibliografische
Daten sind im Internet über https://portal.dnb.de/ abrufbar.

Satz, Umschlaggestaltung, Herstellung und Verlag:
BoD – Books on Demand, Norderstedt

ISBN: 978-3-7519-4700-8

Inhalt

Blut ist dicker als Wasser

– Klarstellung –

Der Satz im Titel des Romans folgt der gängigen Interpretation: Das Blut der Familie ist dicker (bedeutsamer) als Wasser!

Dieser Hinweis geht an die Leserschaft, weil der Verfasser noch auf eine Sondermeinung gestoßen ist:

Danach geht der Ausspruch auf eine Sitte in den Zeiten des Alten Testaments zurück (grob ab 250 v. Chr.).

Wichtige Vereinbarungen wurden damals bekräftigt, indem die Parteien ein Schwein schlachteten und in zwei Hälften teilten. Für die Besiegelung der Absprache stellte man sich in das auslaufende Blut des Tieres.

Die daraus erwachsende Verpflichtung wog mehr als die Verbindung durch das Geburtswasser (Wasser). Sie ging danach über die blutmäßige Bindung innerhalb der Familie hinaus.

Vorwort

Dieser Clanroman befasst sich mit einem Teil der Geschichte der Mhallami.

Es ist bis heute nicht eindeutig belegt, ob es sich bei ihnen, vom Ursprung her, um Araber, Aramäer oder Kurden handelt.

Eine Theorie vertritt, sie seien Araber und unter dem Kalifen Hārūn ar-Raschīd im 8. Jahrhundert aus Kampftruppen, die er in der nordirakischen Region Kirkuk ausgehoben hat, in die Region Mardin umgesiedelt worden, um dort lebende Christen zu überwachen.

Ihr Name soll sich demnach von »maḥall« (»Ort«) und »miʾa« (»hundert«) ableiten und »Ort der Hundertschaft« bedeuten. Diese Interpretation wird von den meisten Gelehrten gestützt.

Bis zum 20. Jahrhundert lebten die Mhallami hauptsächlich in einem Teilgebiet der heutigen türkischen Provinzen Mardin und Batman. Heute leben sie, sofern sie nicht ins Ausland geflohen sind, überwiegend in Großstädten wie Adana, İskenderun, İstanbul, İzmir und Mersin sowie immer noch in kleineren Orten der Provinzen Batman und Mardin.

Folgt man der zweiten Theorie, so waren die semitischen Ahlamū die Vorfahren der Mhallami. Diese siedelten als Aramäer seit 1805 v. Chr. im Kalksteingebirge Tur Abdin. Das liegt in Nordmesopotamien am Oberlauf des Tigris im Südosten der heutigen Türkei.

Als Selim I. Anfang des 16. Jahrhunderts Ostanatolien eroberte, lernten sie nicht nur Arabisch, sondern nahmen auch den Islam an.Schon im Jahre 1525 wurden sie in Archiven des Osmanischen Reichs als Muslimische Gemeinde der Mhallami erwähnt.

9

Weitere Wissenschaftler vertreten die Meinung, die aramäischen Mhallami seien schon im 14. Jahrhundert zum Islam übergetreten. Sie sollen dies aus Protest getan haben, nachdem ihr Patriarch während einer Hungersnot nicht gestattete, die Fastenzeit zu unterbrechen.

Unter türkischer Herrschaft wurden die Mhallami nicht froh. Mustafa Kemal Atatürk betrieb während seiner Amtszeit eine rigide Türkisierung.

Neben der größeren Volksgruppe kurdisch sprechender Kurden kam auch die kleinere Gruppe der Mhallami unter Druck.

Sie führte in der Türkei noch ihre arabischen Namen, die keine Nachnamen im westlichen Sinne kannten. Atatürk verlangte von ihnen im Umgang mit türkischen Behörden nun türkische Namen.

Auch ihre Bürgerrechte wurden stark beschnitten. Sie wurden aus dem Sektor Wirtschaft nahezu ausgegrenzt. Zum Leben blieb ihnen die Landwirtschaft. Aber auch bei der Verteilung von Ackerland und beim Zugang dazu standen sie ganz am Ende der Interessenten an.

Die Überzahl der Kurden, die mit ihnen in Ostanatolien zusammenlebten, war ihnen ebenfalls nicht grün. Sie mochten ihren arabischen Dialekt nicht. Die Mhallami sprachen den für sie fremd klingenden arabischen Quito-Dialekt. Auch deren starke Sippenbildung war ihnen suspekt.

Viele Kurden arbeiteten für den türkischen Staat als Steuerpächter und taten den Mhallami in dieser Funktion viel Unrecht an. Das konnten die nur im starken Zusammenhalt ihrer Sippe ertragen. Doch vielen setzte das zu sehr zu. Sie suchten den Weg der Flucht in ein besseres Leben.

Mehrere Flüchtlingswellen spülten Mhallami aus ihrer Heimat:

In den zwanziger Jahren handelte es sich zunächst nur um ein paar 100 mutige Leute, die sich als Wirtschaftsflüchtlinge versuchten.

In den dreißiger Jahren, nach dem Scheitern des Kara-Dağ-Aufstandes (1930–1932), wuchs die nächste Flüchtlingswelle schon auf mehrere 1000 Personen an.

10

In den Vierzigern folgte dann eine noch größere Zahl.
Ihre genaue Höhe ist nicht gesichert. Man schätzt sie auf bis zu 100.000
Personen. …

Der Protagonist des Romans, Tarek Omeirat, führt eine Gruppe junger
Clanmitglieder in den Vierzigern auf einer beschwerlichen Reise nach
Beirut an. Ihr Leben als Wirtschaftsflüchtlinge, zunächst im Libanon,
später in Europa wird, miterlebt.

Personen, sofern sie nicht zur Zeitgeschichte gehören, sowie ihre Geschichte wurden frei erfunden. Der Erzählstrang fußt allerdings auf
wirklichen Begebenheiten und kommt dem Schicksal echter Migranten
sehr nahe.

Die Geschichte wirft drängende Fragen auf:
Treffen die vorherrschenden einseitigen Schuldzuweisungen in Richtung der Emigranten zu? Wurde nur auf ihrer Seite alles falsch gemacht?
Hat die Integration in die deutsche Gesellschaft noch eine Chance? Besonders für die in Deutschland geborenen Außenseiter?

Der bisher unrund verlaufene Versuch, eine solche Chance zu gewäh-
ren, berührt und schreit nach Veränderungen des künftigen Umfelds.
Stattdessen bleibt den Betroffenen bis dato nur die Abschiebung oder gar
Flucht aus Deutschland. …

Buch 1

Der Aufbruch in den Libanon

1947
Anatolien, Provinz Mardin im Südosten der Türkei

Der Sommermonat August hatte gerade begonnen.
Zwölf Sonnenstunden bei 36 Grad Celsius bestimmten den Tageslauf.
Tarek Omeirat war aus seinem Heimatdorf Rashdiye seit Langem mal
wieder in die Provinzhauptstadt Mardin gereist. Er hatte vieles zu bedenken und wollte dabei von Familie und Nachbarn ungestört sein.

Der drahtige Zweiundzwanzigjährige gehörte zu der arabischsprachigen
Volksgruppe der Mhallami. Er war ein gutaussehender Mann. Sein
männliches Gesicht, von der Sonne gegerbt und von einem dunklen Bart
eingerahmt, strahlte Gelassenheit aus. Seine gebrochene Nase hingegen
ließ die Lust an körperlichen Konfliktlösungen erahnen.

Die Hitze des Tages hielt noch vor, es war immer noch warm.
Tarek hatte sich in der Altstadt von Mardin, die sich an den alten Burg-
hügel schmiegte, einen einsamen Platz gesucht und schaute versonnen in
die Tiefenebene von Mesopotamien. Auch das mächtige Kalksteingebirge
Tur Abdin am Oberlauf des Tigris hatte er im Blick.

In seinem Kopf fand eine einseitige Konversation statt. Ihn trieben unzählige Fragen um. Heute wollte er die Antworten auf sie finden. Die
Antworten zur Gegenwart lagen in der Vergangenheit, dessen war er sich
bewusst:

Die Mhallami hatten schon seit Langem unter den Türken einen schweren
Stand. Dass sie als arabisch Sprechende unter kurdisch Sprechenden mit
einem besonderen Dialekt lebten, stigmatisierte sie zusätzlich.
Die Kurden beäugten sie wie die Türken mit Argwohn. Sie betrachteten
sie, wegen der unterschiedlichen Sprache, trotz kurdischer Wurzeln nicht
als Kurden.

14

So wurden sie von ihren andersartigen Nachbarn immerzu geduckt. Eine besondere Rolle spielten dabei die Agas, die Steuerpächter. Sie waren aus den kurdischen Stämmen rekrutiert und benachteiligten sie ständig. Sie verhielten sich ausbeuterisch und korrupt. Um sich in diesem feindlichen Umfeld zu behaupten, hatten die Mhallami ihre Clanstrukturen immer enger geschnürt. Cousins heirateten Cousinen und Söhne von Freunden heirateten die Töchter aus dem Freundeskreis. Heiraten in fremde Stämme waren verboten.

Schon Ende des Ersten Weltkriegs hatten die ersten Familien aus dieser misslichen Lage die Konsequenz gezogen und waren in den Libanon migriert.

Mustafa Kemal Atatürk, der Schöpfer der modernen Türkei, hatte nicht nur Protestaktionen der Kurden blutig niedergeschlagen, sondern auch die Mhallami gezwungen, ihre arabischen Namen durch türkische zu ersetzen. Das ging gegen deren Ehre. ...

Nun verspürten Tarek Omeirat und seine Freunde ebenfalls den Wunsch auszuwandern, hauptsächlich aus wirtschaftlichen Gründen. Sie waren jung, voller Lebensmut und wollten für sich eine bessere Zukunft finden. Sie waren es leid, Jahr für Jahr dem kargen Land zu trotzen.

Auf den wenigen Hektar harten, trockenen Bodens ließen sich keine Reichtümer erwirtschaften. Auch wenn es, trotz der Wasserarmut in jedem Frühjahr, als geschehe ein Wunder, wieder zu keimen begann, blieb man vom Wasser, vom Staubsturm und von anderen Wetterunbilden auf Gedeih und Verderb abhängig. ...

Diese Tage hatten die Freunde Tarek gefragt, ob er die Führung ihrer Gruppe übernehmen wolle. Er hatte dies wohl dem Umstand zu verdanken, dass ihr Mullah ihn früh protegierte. Tarek war im Koran überdurchschnittlich belesen und für einen Bauernjungen gut geschult in Schrift und Wort. Zudem war er körperlich stark und seelisch belastbar.

Die Anfrage der Freunde galt es, gründlich zu überdenken. Er wusste, dass eine Rückkehr in die Türkei ausgeschlossen war. Sie würden von den Behörden ausgebürgert, schon weil sie sich dem Wehrdienst entzogen hatten. Die Emigration allein war schon Grund genug dafür. Dass er sich keinesfalls ohne Alia Yıldırım auf den Weg machen würde, stand für ihn fest. Er liebte Alia, die Erhabene, wie ihr Vorname zu Recht preisgab. Sie war eine schöne Frau.

Ihre zarte Gestalt, das edle Gesicht mit den sanften braunen Augen und die glänzenden schwarzen Haare traten sofort vor sein inneres Auge und ließen ihn wohlig erschauern. Mit ihr wollte er Kinder haben und den Familienstamm fortsetzen. Er glaubte, ihr Flüstern zu hören: »Tu es!«

Diese vermeintliche Aufforderung ließ in ihm den Entschluss reifen, Alia noch vor der Reise zu heiraten. Sie waren weitläufige Verwandte. Hochzeiten unter Verwandten waren in ihrem Stamm gang und gäbe, sogar gewünscht. Sie wurden von den Alten sogar gefördert, denn sie dienten der Stärkung der Großfamilie.

Er hatte genaue Vorstellungen, wie das Fest ablaufen sollte:
Sein Vater, Firat, würde Ehevormund, der *Wali*.
Für den Abschluss des Ehevertrages wollte er seinen Onkel Mahmoud und seinen besten Freund Nidal um Hilfe bitten. Sie sollten ihre Zeugen sein.
Für die Hochzeit schwebte ihm unter den gegebenen Umständen nur eine bescheidene Zeremonie vor. Das schöne Ereignis würde schließlich mit dem bevorstehenden Trennungsschmerz einhergehen. Es konnte keine übermütige Freude aufkommen. Danach würde keinem zumute sein. ...

Tarek war sich im Klaren, dass sich das Auswandern mühevoll und gefährlich gestalten würde. Der Weg über Syrien in den Libanon war weit. Allah sei Dank boten die Grenzübergänge, besonders in der Nacht, an den vielen einsamen Stellen keine größere Gefahr. Unruhig machte ihn, was

16

ihm in diversen Berichten zu Ohren gekommen war: Auch der Libanon gelte für ihren Stamm nicht als gelobtes Land.

Vom Hörensagen wusste er, dass man sie dort gern abfällig behandelte, besonders wenn sie nicht registriert waren. Dazu brauchte man aber viel Geld. Ohne Registrierung wurde es schwer, überhaupt Arbeit zu finden, erst recht Arbeit zu fairem Lohn. Kindern gestand man nicht mal einen Schulplatz zu. Auch soziale Leistungen, wie Versicherungsschutz bei Krankheiten, blieben den Migranten versagt. ...

Es gab, Allah sei es gedankt, auch positive Berichte über den Libanon. An die wollte sich Tarek klammern. Aber auf jeden Fall würden er und seine Freunde in der Fremde, wie hier zuhause, aufeinander angewiesen sein. Unbedingter Zusammenhalt war fürs Überleben vonnöten.

Was ihn neben den Unkenrufen ängstigte, war, dass es keinen Weg zurückgab, wenn man erst einmal gegangen war. Die Älteren, aber auch einige Junge ihres Stammes, würden zurückbleiben und damit eigentlich einen Ort für die Heimkehr bieten. Doch die verbot die türkische Regierung! Wenn sie ausreisten, durften sie im Libanon also nicht scheitern. ...

Als die Sonne am Horizont unterging, hatte er die Entscheidung getroffen. Er würde das Wagnis eingehen und seine Freunde in die Fremde führen. Seine Hoffnung war groß, dass es für sie dort besser würde. Für die Nacht genoss er in der Altstadt die Gastfreundschaft einer befreundeten Familie. Nach einem üppigen Abendmahl und guten Gesprächen schlief er traumlos und fest.

Am späten Morgen verabschiedete er sich mit Dank, »Salam aleikum«, Friede sei mit dir, und machte sich auf den Weg nach Rashdiye zurück. Der ließ ihm mit einer Dauer von über acht Stunden viel Zeit, Einzelheiten der bevorstehenden Reise zu bedenken. Zuhause war die Zeit reif, seine

Führungsrolle anzunehmen und mit ersten Taten unter Beweis zu stellen. Tarek fühlte sich stark genug und war hoffnungsfroh. ...

Rashdiye am nächsten Tag

Als Tarek Omeirat den 7000-Seelen-Ort erreichte, tauchte die untergehende Abendsonne bereits die kleinen Häuser und Hütten in ein schläfriges Rot. Selbst die grünen Weintrauben auf den Feldern hatten einen rötlichen Glanz. Die Luft war etwas kühler geworden, und so saßen viele der Dörfler vor der Tür und genossen die beginnende Frische der aufziehenden Nacht. Tarek grüßte alle Bekannte beim Vorbeigehen mit freundlichem Nicken und erhobener Hand.

Als er auf seinen Busenfreund Nidal Hammad traf, eilte der auf ihn zu. »Hast du deine Entscheidung getroffen?«, wollte er wissen. Tarek nickte und antwortete: »Ja, ich werde euch führen. Aber erspare mir heute Abend die Einzelheiten. Ich bin müde vom Weg. Ruft unsere Gruppe für morgen um 7:00 Uhr in der Früh am Marktplatz zusammen, dort werden wir alles beratschlagen.« Mit einem abschließenden »Salam« ging er weiter. ...

Am nächsten Morgen warteten einschließlich Alia fünfzehn Personen auf ihn. Die Neugierde, wie seine Entscheidung ausfallen würde, war ihnen in die Gesichter geschrieben. Tarek wollte seine Kumpane nicht auf die Folter spannen, er kam deshalb direkt auf den Punkt:
»Ich werde euch in den Libanon führen. Aber unsere Ausreise müssen wir sorgsam vorbereiteten. Nichts soll dem Zufall überlassen bleiben. Die damit verbundenen Aufgaben müssen von mehreren Schultern getragen werden.
Hat jemand von euch Vorschläge, welche Pflichten er übernehmen könnte?«

18

Nach einem Moment der Stille meldete sich Amir Hammad zu Wort: »In unserer Familie erfolgt eine solche Reise nicht zum ersten Mal. Ich habe mich deshalb bei unseren Leuten über die beste Route kundig gemacht. Ich würde sie auch für uns gerne ausarbeiten.«

»Das ist eine wichtige Sache. Kannst du uns, ohne in Einzelheiten zu gehen, schon jetzt etwas dazu sagen?«, wollte Tarek wissen. Er brauchte Amir nicht lange zu bitten. ...

»Unser Reiseziel sollte Beirut sein.

Libanons Hauptstadt ist eine große, aufstrebende Stadt und wird auch Platz für uns haben.

Die meisten von uns verfügen über wenig finanzielle Mittel. Papiere, um die Einbürgerung zu beantragen, kosten schon allein eine Menge. Wir werden also zunächst nicht registriert im Untergrund leben und ein bescheidenes Dasein fristen müssen. Es soll sich mittlerweile ein Gürtel von Lagern um die Stadt gelegt haben, in dem Unseresgleichen unterkommen. Unser Leben wird viele Schattenseiten aufweisen. Wir müssen für unser Auskommen niedere Arbeiten annehmen.

Als Lastenträger, Bauarbeiter, Schuhputzer und Müllarbeiter können wir arbeiten. Unsere Kinder, die wir haben wollen, dürfen auf keine Schulen. Für sie und auch für unsere medizinische Versorgung müssen wir, trotz der schlechten Verdienstmöglichkeiten, selbst aufkommen. Ihr seht, uns erwartet kein Paradies. Aber man kann sich hocharbeiten. Beirut erlebt seit der Unabhängigkeitserklärung des Libanon im November 1943 einen großen wirtschaftlichen Aufschwung.« ...

»Deine letzten Worte waren wichtig«, warf Tarek ein.

»Du sollst uns schließlich nicht die Hoffnung rauben.

Sag jetzt lieber etwas zu der Reiseroute.«

»Nun, die Reisedauer wird davon bestimmt sein, wie oft wir eine Fahrgelegenheit ergattern können, die nicht viel kostet. Reisen mit dem Zug sollten wir erst gar nicht ins Auge fassen. Die sind zu teuer. Das Eisenbahnnetz ist zudem zersplittert und marode. Fahrpläne werden nicht eingehalten. Wenn es überhaupt eine Streckenführung gibt, muss man meist mit Güterwagen vorliebnehmen. Die sind überfüllt, dreckig und unbequem. Hinter der rußenden Diesellok heißt es giftigen Staub schlucken.

Mit Bussen ist es nur wenig besser. Mitfahrgelegenheiten auf Eselkarren, Ochsenwagen und auch Lastwagen wären hingegen ein Glücksfall. Im schlimmsten Fall kommt ein langer Fußmarsch auf uns zu. Das Wetter ist stabil, und in Zeitnot sind wir nicht. Wenn alles gut geht, können wir selbst auf diese Weise in etwa fünfundzwanzig Tagen am Ziel sein.

Für die einzelnen Etappen, wenn wir sie zu Fuß machen müssen, habe ich mir in etwa die Stundenzahlen errechnet.«

Die anderen sahen, dass Amir sich konzentrierte, um die Zahlen richtig hervorzubringen.

»Es empfiehlt sich für uns, so lange wie möglich in der Türkei zu reisen. Dort sind wir, wenn auch ungeliebt, immerhin noch gemeldete Bürger. Die erste Etappe nach Sanliurfa verlangt uns einen Fußmarsch von in etwa sechsundvierzig Stunden ab. Von Sanliurfa nach Gaziantep brauchen wir dreißig Stunden. Unterhalb von Kilis quert man in der Nacht die syrische Grenze. Die Nacht ist empfehlenswert, denn die Grenze wird von türkischem Militär kontrolliert.

Der Weg nach Aleppo dürfte mindestens fünfundzwanzig Stunden dauern. Von Aleppo nach Beirut fallen nochmals über neunzig Stunden an. Ihr seht, das wird kein Zuckerschlecken.«

Amir sah sich in der Runde um und schaute dabei in viele bedenklich blickende Gesichter.

Tarek verstieg sich in ein Lob: »Amir, ich bin beeindruckt, wie sehr du dich schon in unsere Pläne hineingekniet hast.

Mach weiter so. Wichtiger als ein erster Überblick ist nun die Feinarbeit. Keiner wird dagegen sein, dass die ab jetzt auf deinen Schultern liegt.«

Amir errötete vor Stolz.

20

»Wer ist bereit, für uns zu planen, was wir mitnehmen müssen?«, wollte Tarek nun wissen.

Nidal meldete sich sofort.

»Solche Reisevorbereitungen mache ich nicht das erste Mal. Dafür übernehme ich die Verantwortung. Wenn ich meine Vorstellungen erarbeitet habe, sollten wir gemeinsam darüber diskutieren. Viele Augen sehen mehr als zwei.«

Nidals Angebot wurde dankbar angenommen. Nun meldete sich Alia selbstbewusst:

»Wir Frauen sollten darüber beraten, was wir als Wegzehrung hier schon vorbereiten können. Es muss leicht transportierbar, haltbar und kräftigend sein.«

Tarek sah sie liebevoll an.

»Das ist ein nützlicher Vorschlag, meine Taube.«

Rede und Gegenrede gingen noch eine ganze Weile hin und her. Schließlich ließ man es bei diesen Plänen fürs Erste bewenden. Die jungen Menschen wurden sich einig, spätestens Ende September aufzubrechen. In dieser Zeit war es auch des Nachts noch warm, und sie konnten im Freien schlafen. Außerdem gab es fast keine Regentage. Ab jetzt lief die Uhr. ...

Die Vorbereitungen für den Aufbruch

Der Plan, zu heiraten, fand die freudige Zustimmung der Eltern. Denen war alles recht, was die Bindung zwischen den scheidenden Kindern festigte und die Sicherheit der Gruppe stärkte. »Ihr müsst eine richtige kleine Sippe werden«, meinte Tareks Vater bestimmt.

Nidal Hammad schloss sich Tarek und Alia an und nahm seine Cousine Ramiye Najjar am selben Tag zur Frau. Über den Feierlichkeiten lag ein Hauch von Wehmut. Das Auseinandergehen stand zu nahe bevor. Allen

21

Elternteilen war es jedoch daran gelegen, ihren Kindern und den Gästen zum Abschied eine würdige Festtafel anzubieten.

Auf so viele Köstlichkeiten würden die jungen Menschen danach lange verzichten müssen. Jeder der vier Hochzeiter fand sein Lieblingsgericht aufgetafelt, das die jeweilige Mutter mit großer Liebe zubereitet hatte.

Tarek sah sofort sein geliebtes mariniertes Fleisch am Drehspieß. Es war ähnlich dem *Döner Kebab* gegrillt. Mit braunen Bohnen in Olivenöl, Knoblauch und Weintraubenessig gekocht, servierte es seine Mutter stolz mit Reissalat und Granatapfelstücken.

Nidal aß schon mit den Augen das herrlich gewürzte zu Brei verarbeitete Fleischgemisch aus Lamm und Kalb mit *Salata Malful*, einem Krautsalat, mit Minze und Knoblauch gewürzt und Hefeteigtaschen.

Alia bevorzugte schon immer vegetarische Kost. Für sie hatte ihre Mutter frittierte Bällchen aus Kichererbsen, Favabohnen, Koriander und Zwiebeln gekocht.

Ramiye liebte Geflügel, gekochtes Huhn in Joghurtsoße mit Walnüssen und *Tahin*, einer Paste aus fein gemahlenen Sesamkörnern.

Süßspeisen erfreuten nicht nur das Auge, sondern auch den Gaumen. Das traditionelle Dessert *Layali Lubnan*, ein Mouse aus Milch, Weichweizengrieß, Eiern, Zucker, Schlagsahne, Zitronensaft mit gehackten Pistazien, frischen Rosenblättern und Rosenwasser abgeschmeckt, fehlte genauso wenig wie *Halawet el Jibn*, der süße Käse aus Mozzarellakugeln, Gries, Rahm, Sirup, mit ganzen Nüssen belegt sowie mit Zitronensaft, Rosen- und Orangenblütenwasser beträufelt.

Alle Gäste fanden etwas nach ihrem Geschmack. Die Festlichkeiten zogen sich bis spät in die Nacht hinein. Es wurde erzählt und auch manchmal gelacht. Der bevorstehende Abschied war dann für den Moment vergessen.

22

Für das erste Beieinanderliegen hatten sich die beiden Paare heimlich Besonnenheit versprochen. Sie wollten vor der großen Reise keinen Beischlaf riskieren. Sie scheuten die Gefahr, dass die Frauen durch aufkommende Schwangerschaft die Strapazen der Reise nicht ertragen würden. Es blieb ein stilles, aber trotzdem unvergessliches Fest. ...

Alia hatte nach Studium der Speisebeispiele für ihre Hochzeit die Überlegungen zur Wegzehrung für die Reise bald abgeschlossen.

Ihr war schnell klar gewesen, dass man bei der Hitze, die im September noch herrschte, auf den Transport verderblicher Ware verzichten musste.

Fisch, Fleisch, Geflügel, frisches Obst und Gemüse waren also ungeeignet. Die musste man unterwegs auf den Märkten oder direkt bei den Bauern kaufen. Sie hatte eine Liste geeigneter Nahrungsmittel zusammengestellt, die sie problemlos mitnehmen konnten, und las sie den Reisegefährten vor:

»Am besten eignen sich getrocknete Hülsenfrüchte, Bohnen, Kichererbsen, Favabohnen, Bulgur, Reis und Nüsse.«

Dass alles vegetarisch war, kam ihr zupass.

»Auch Zusatzstoffe kann man gut und gerne von zuhause mitnehmen. Olivenöl, Sesampaste, Knoblauchzehen, Koriander, Minze, Thymian, Salz und Sumach stehen auf meiner Liste oben an.«

Nach einer kurzen Pause fügte sie noch etwas hinzu, was ihr fast entfallen war: »Das eigentlich in der Fastenzeit gegessene *Cevizli Sucuk* ist äußerst nahrhaft und gut haltbar.

Für diese Spezialität fädelt man, wie die meisten von euch wissen, Walnusskerne auf eine Schnur und taucht sie mehrfach in eine Mischung aus Weintraubensirup, Stärke und Zucker, die dann trocknet und zu einer gummiartigen Masse aushärtet. Das bietet sich gut als schnelle Wegzehrung an.«

Ihre Kameraden lobten sie für ihre Umsicht.

Auch Nidal trug bald seine Empfehlungen für die Dinge vor, die ihm für die beschwerliche Reise unentbehrlich erschienen. Mit an erster Stelle nannte er vernünftige Kleidung und Schuhwerk. Leichtes Arbeitsgerät, Zeltbahnen für die Übernachtung auf freiem Feld, Messer und andere Waffen zur Verteidigung gehörten genauso dazu wie Mittel zur Wundversorgung.

»Wir müssen damit rechnen, dass räuberische Banden auf unserer Strecke ihr Unwesen treiben.«

Wasserflaschen und auch der Koran durften nicht fehlen. »Allah muss unser Beschützer und Wegbegleiter sein, soll die Reise gelingen.«

Nidal stellte zur Diskussion, vorab einen Kassensturz zu machen, um festzustellen, wer über welche Geldmittel verfügte. Dann plädierte er für eine gemeinsame Kasse, aus der nur nach einvernehmlichem Beschluss verfügt werden sollte.

»Einer für alle, alle für einen« gab er diesem Vorschlag als Namen.

Es bedurfte einiger Diskussion, bis dieser Plan von allen akzeptiert war. Letztlich kamen aus den unterschiedlich begüterten Familien unterschiedliche Geldbeträge. Aber die Kameraden sahen schließlich ein, in ihrer Gemeinsamkeit durfte es keine Unterschiede geben, wenn sie Bestand haben sollte. Egoismus und Neid hatten keinen Platz.

Am ernüchterndsten waren die Erläuterungen von Amir Hammad zur Reiseroute.

»Wir werden uns auf lange Fußmärsche einstellen müssen. Das Fahren mit der Eisenbahn ist äußerst teuer, die Fahrzeuge und Gleise sind oftmals nicht intakt, und Fahrzeiten werden nicht eingehalten, wenn überhaupt etwas rollt. Ich hatte das schon angedeutet. Unsere Chance, die Füße ab und zu ein wenig zu schonen, liegt in Mitfahrgelegenheiten auf Lastwagen, Fuhrwerken und Karren. Dazu müssen wir uns vereinzeln, das heißt, in kleinere Gruppen aufteilen. Das ist nicht unmöglich. Die Glücklichen, die irgendwo mitfahren können, müssen dann später an einem verabredeten Ort auf die anderen warten. Am ehesten sehe ich zwischen Aleppo und Beirut eine Möglichkeit, den öffentlichen Verkehr zu nutzen.

Doch selbst das ist fraglich. Wir müssen uns also auf unsere Füße verlassen und mit unseren körperlichen Kräften, unseren Vorräten und unserem gemeinsamen Geld sehr haushalten.«

24

Auch zu diesen Erläuterungen gab es keine Verbesserungsvorschläge, selbst nachdem man die Alten und Erfahrenen aus der Dorfgemeinschaft zur Aussprache hinzugezogen hatte. …

Zeit des Abschieds für eine beschwerliche Reise

Schon Mitte September, etwas früher als geplant, konnte die Gruppe zum Aufbruch blasen. Nun galt es, Abschied zu nehmen. Das fiel allen schwer. Bei den Frauen, besonders den Müttern, flossen Tränen. Die Männer umarmten sich mehrfach und wünschten sich Glück und Erfolg. Allah wurde um Schutz und Hilfe angerufen.

Tareks Vater hatte sich zu einer großzügigen Geste entschieden. Als er seinen Sohn das letzte Mal an sich drückte, sagte er: »Ich gebe dir einen unserer drei Maulesel mit. Er wird euch auf der Reise gute Dienste tun. Auf seinen starken Rücken passt eine Menge Gepäck. In den Satteltaschen könnt ihr einen Teil der Wegzehrung verstauen.«
Sein Sohn war gerührt und bedankte sich mit einer weiteren festen Umarmung. Auch die anderen drückten ihre Dankbarkeit aus.

Die zuhause blieben und die weggingen versprachen sich gegenseitig, alles zu tun, um in Kontakt zu bleiben. Keiner konnte sich allerdings so richtig vorstellen, wie die Familienbindung in die Ferne und über lange Zeit anhalten würde.

Die Zeit sollte aber zeigen, dass die Familie etwas Klebriges an sich hatte. Noch nach Jahrzehnten meldeten sich Abkömmlinge der Migranten, die inzwischen sogar bis Europa weitergezogen waren. Geld und Gegenstände, die das harte Leben im Dorf erleichterten, fanden den Weg dorthin und wurden Beleg dafür, dass einige der Auswanderer in der Fremde ihr Glück gemacht hatten. …

Noch vor Tagesanbruch brachen sie auf. Der Maulesel war mit Kleidung, Gerät und Vorräten bepackt. Er stampfte unruhig den Boden und gab heisere Töne von sich. Sie schauten zurück auf die im Morgenlicht liegenden Felder, auf denen Vögel nach Nahrung suchten.

Sie winkten ihren Angehörigen voller Inbrunst zu, für die nun wieder ein langer Arbeitstag begann. An der letzten Wegbiegung, bevor ihr Dorf endgültig aus dem Blickfeld entschwand, hielten sie einen Moment inne, um endgültig Abschied vom alten Leben zu nehmen. ...

Die erste Etappe bis Sanliurfa, auch Urfa genannt, bewältigten sie zu Fuß. Sie erfuhren am eigenen Leib, dass die Reise hart werden würde.

Die Hitze ließ über den ganzen Tag nicht nach, ermüdete und machte durstig. Das Trinkwasser musste sorgsam eingeteilt werden. Jedes Kilo Gepäck lastete schwer auf den Schultern und wurde immer wieder kritisch hinterfragt. Selbst die Frauen mussten mittragen. Zur Stärkung griffen sie auf die Vorräte in den Satteltaschen zurück.

Erfreulich war, dass die Temperatur über Nacht so hoch blieb, dass es sich gut unter den leichten Planen übernachten ließ. Das zerklüftete, weiche, für Anatolien so typische rötliche Gestein wurde noch rötlicher in der Abendsonne und bescherte ihnen vor den Ruhepausen ein friedliches Licht. ...

Sie verteilten ihre erste Etappe auf fünf Tage und nutzten jede Gelegenheit, bei Bauern Obst und Gemüse einzukaufen. Sie füllten bei ihnen auch ihre Wasservorräte auf und tränkten das Maultier. Kleine Mädchen trugen dafür eifrig flache Schalen voll Wasser herbei.

Der Weg wellte sich endlos über die Hügel der staubigen Steppenlandschaft. Wenn sie auf Hirten trafen, die dort ihre Schafherden grasen ließen, kauften sie frische Milch. Kleine Glocken hingen am Hals der Tiere und füllten die Ohren der Durchreisenden mit optimistischem Klang. Es war ein besonderer Glücksfall, wenn sie eine Reisschüssel mit Schaffleisch

26

und weißen Bohnen ergatterten. Gastfreundschaft galt eben etwas auf dem Land. ...

Die Ankunft in Urfa erwarteten sie mit größter Ungeduld. Die Stadt galt als fünfheiligste Stadt des Islam und war ein bedeutender Wallfahrtsort.

Um die Halil-Rahman-Moschee rankte sich eine alte Legende: Zu dem Gotteshaus gehörte der Teich des Abraham mit seinen unantastbaren Karpfen. Abraham sollte an dieser Stelle auf dem Scheiterhaufen verbrannt werden. Doch Allah errettete ihn. Er ließ das Feuer zu Wasser werden und die Glutbrocken zu Karpfen.

»Wir werden morgen wieder früh aufbrechen«, verkündete Tarek, bevor sie sich zur Ruhe legten. Die Nacht verging sternenlos. ...

Auf der Etappe nach Gaziantep, auch kurz Antep genannt, hatte die Hälfte der Gruppe Glück. Sie fand auf Karren kostenlose Mitfahrgelegenheiten. Ein rumpelnder Ochsenkarren, der nur wenig beladen war, nahm allein vier von ihnen mit.

Die Zurückgebliebenen standen nun vor einem Marsch von drei Tagen. Sie kamen mit den Scheidenden überein, dass sie am dritten Tag zu drei vereinbarten Zeiten im Zentrum auf dem Marktplatz auf sie warten würden. Den glücklichen Mitfahrern tat die Erholung gut.

Die Zurückgebliebenen durchquerten nun in der Hitze Steppenland, das von grünen, üppig wuchernden Büschen übersät war. Hellgraue Naturterrassen aus Kalkstein lösten die rötlichen Steine Anatoliens ab.

Ihr Maulesel legte öfters die Ohren zurück und begann tief atmend zu schreien. Aber er stapfte unbeirrt weiter. Immer am Rande des Gerölls entlang versuchte die kleine Schar, Berge und Hügel zu umgehen. Man musste Kraft sparen. Manchmal verlor sich der Pfad oder war nur noch angedeutet zu sehen. Dann richteten sie sich nach der Sonne.

In Antep angekommen, labten sich die Mitfahrer an den Spezialitäten der örtlichen Küche, die an den Marktständen günstig angeboten wurden.

Sie probierten *Çiğ Köfte*, rohe Hackfleischklößchen, *Ciğer Kavurma*, Leberbratenfleisch, sowie *Kuşbaşı Kebab*, gewürfelte Fleischstücke und *Patlıcan Kebab*, Auberginen-Spieße.

Am dritten Tag, zur letzten vereinbarten Zeit, trafen die Freunde nach ihrem Fußmarsch am Marktplatz ein. Es war noch früh genug, um ebenfalls die verlockenden Spezialitäten zu genießen. Am Rande der Stadt wurde das Nachtlager aufgeschlagen. ...

Den Weg nach Aleppo beschlossen sie, ruhig anzugehen. Sie verteilten ihn auf zwei Tage. Als es dunkel wurde, erreichten sie Kilis, und es gelang ihnen, ohne Entdeckung durch türkische Soldaten die Grenze nach Syrien zu überqueren. Vor diesem Moment hatten sich alle gefürchtet, aber Allah war mit ihnen.

Sichtlich entspannt setzten sie hinterher den Weg nach Aleppo fort. Der Name der Stadt hatte angeblich in dem arabischen Wort *Halab*, die Milch, seinen Ursprung. Der Ort war im Jahre 1183 vom Sohn Salahdins auf einem Felsplateau erbaut und mit einem zwanzig Meter tiefen Graben geschützt worden.

An einem späten Nachmittag lag die Stadt endlich vor ihren Füßen. Sie zeigte sich von einer siebentorigen Stadtmauer geschützt. Der Himmel war klar. Sie hatten Sicht auf die Befestigungsanlagen, den Wassergraben, Minarette, Häuser und viele Kuppeln. Die Konturen der Zitadelle mit der wuchtigen Torbrücke zeichneten sich scharf vor der Abendsonne ab. Das schneeweiße Gestein schimmerte rosa im Abendrot. Ein Gebetsrufer sang von einem der weiß leuchtenden Minarette. Das meiste in der Stadt war aus dem weißen Stein des nahen Gebirges gebaut. Sie passierten die große *Omayyaden-Moschee*, in der sich das Grab von Zacharias, dem Vater von Johannes dem Täufer befand.

Mit ihrem Einzug durch ein Stadttor wuchs der Geräuschpegel um sie herum. Der allgemeine Lärm löste sich auf in Einzelstimmen und Tiergeräusche. Höfe und Treppenaufgänge traten aus dem Schatten. In den Hauseingängen standen Menschen und schauten ihnen neugierig nach.

28

Je näher sie dem Zentrum kamen, umso dichter wurde die Menge der flanierenden Leute.

Der Suk war das Herz des Trubels.
In den engen, überdachten Straßen des großen Marktes lockten die Rufe der Händler. Fischverkäufer, Truthahntreiber, alle gehörten dazu. Laternen erleuchteten die hölzerne, einstöckige Galerie. An den Ständen leuchteten Waren in vielen Farben. Messingtöpfe, Lampen und Schwertklingen glänzten um die Wette. Fische in flachen Körben, Fleischmassen, Bier und gärender Traubenmost, der die Sinne so angenehm belebte. Der Geruch von Kreuzkümmel lag in der Luft.

Der Suk schien ein Ort der Wohlgerüche zu sein. Doch dann kamen sie zu den Garküchen. Gerupfte Hühner, Tauben und Enten, nackte Hammelköpfe mit leeren Augen glotzten sie an. Die Welt der Gerüche wurde schärfer. Der penetrante Geruch von Hammelfett überlagerte, aus verschiedenen Richtungen kommend, mit einem Mal die schönen Aromen.
Beim Bäcker sahen sie in die lodernde Öffnung des Ofens. Selbst der würzige Rauch der Wasserpfeifen kam nicht gegen das Hammelfett an. …

Wie alle Durchreisenden mussten sie die Zoll-Karawanserei *Khan al-Gumruk* passieren. Sie erkannten sie sofort als guten Platz für die Nacht. Auf dem Hof drängten sich Tiere und Waren. Sie fanden Unterkunft im ersten Stockwerk. Es gab keine Türen. Sie lagen mit vielen anderen zusammen und teilten ihre Lager mit Ungeziefer.
Mitten zwischen den vielen Menschen verspürten sie irgendwie Sicherheit, denn die Größe der Stadt hatte die jungen Dörfler verunsichert.

Später sollten sie hören, welches Glück sie gehabt hatten, so früh im Jahr in Aleppo eingetroffen zu sein. Ende November wäre die Durchreise viel gefährlicher geworden. Nachdem die Vereinten Nationen am 29. November den UN-Teilungsplan für Palästina angenommen hatten, wendeten sich die muslimischen Einwohner der Stadt gegen ihre jüdischen Mitbürger.

Zehn Synagogen, Schulen und Waisenhäuser gingen, wie jüdische Geschäfte, Häuser und Wohnungen, in Flammen auf. Annähernd hundert Juden wurden verwundet und genauso viele getötet. Aleppo wurde in diesen Tagen zum Hexenkessel. Das friedliche Miteinander von Menschen unterschiedlichen Glaubens war vorbei. Bei ihrer Durchreise hatte sich noch alles ruhig und friedlich gezeigt. ...

Sie kamen überein, nicht über das Hinterland nach Beirut zu reisen. Ortskundige warnten sie vor der Gefährlichkeit des Weges durch die Berge. Ein freundlicher Greis gab ihnen die nützlichsten Informationen. Die Gegend galt zu diesen Zeiten als unsicher. Räuberbanden trieben ihr Unwesen. Die jungen Männer aus Rashdiye wollten ihre ärmlichen Waffen nicht benutzen müssen und wählten schon deshalb den bequemeren Weg Richtung Meer.

Sie verließen die Stadt um sieben Uhr morgens. Der Weg mäanderte zwischen Gebirgszügen langsam auf die Küste zu. Hundegebell schlug ihnen bei der Ankunft in Idlib entgegen. Es waren meist große braungefleckte Hunde. Sie sahen Obstbäume, Olivenbäume und Reben.

Bis Latakia würde es nun etwa drei weitere Tage dauern.
Je näher sie der Küste kamen, umso mehr reihten sich Orangenhaine landeinwärts aneinander. Die Sonne stand noch am blassen Himmel, als sie ihr Tagesziel sahen: Latakia lag in einem landwirtschaftlich genutzten Küstenstreifen. Getreide, Baumwolle, Tabak und Obst wurden angebaut. Mit der Abtretung von İskenderun an die Türkei im Jahre 1939 verblieb für Syrien Latakia als einziger Seehafen. Im Osten setzte die Bergkette des *Dschebel Aansari* eine natürliche Grenze. Parallel zur Küste verlief im Westen ebenfalls ein Bergmassiv. Der Fischfang der Stadt deckte den lokalen Bedarf. Die Gefährten gönnten sich am Abend frischen Fisch. ...

Den Fußmarsch nach Tartus gingen sie mit größerem Schwung an. Sie fühlten instinktiv, dass ihre Reise dem Ende entgegenging. Nun waren

30

sie endlich im Libanon. Ein Blick übers Meer zeigte ihnen recht nah die kleine Insel Arwad. Die große Kathedrale begrüßte sie in der Abendröte als halbzerstörter Zeuge der Kreuzritterzeit.

Die meisten Teile der filigranen Ornamentik um Fenster und Türen waren schon längst herausgebrochen worden. Beim kleinen Fischerhafen im Stadtgebiet fanden sie eine geeignete Stelle für die Nacht. Von Fischern erstanden sie recht günstig einige übrig gebliebene Fische des Tagesfangs. Die Männer sprachen Arabisch, und so ließen die Migranten die Chance nicht aus, sich mit ihrem arabischen Dialekt über Einzelheiten kundig zu machen.

Ein Alter erwies sich erneut als wertvolle Quelle der Information. Er hatte noch vor einigen Jahren in Beirut gelebt und hart geschuftet. »Sucht im Zentrum der Stadt nach Euresgleichen. Ihr findet sie auf den vielen Baustellen oder auf den Straßen als Schuhputzer und Boten. Oftmals verkaufen sie auch arabischen Kaffee. Sie sind es gewohnt, untereinander zusammenzuhalten. Ohne das ist ein Überleben in dem großen Moloch Beirut kaum möglich. Sie werden euch Ratschläge geben, wo ihr unterkommen und Arbeit finden könnt.«

»Wie wird man mit uns umgehen, wenn man entdeckt, dass wir nicht registrierte Migranten sind?«, fragte ihn Tarek.

»Da müsst ihr euch keine großen Sorgen machen. Ihr werdet geduldet. Es gibt keine eindeutigen Gesetze oder Vorschriften, die den Umgang mit Zuwanderern regeln. Ihr seid allerdings Menschen zweiter Klasse, das werdet ihr zu spüren bekommen.«

Für seine Auskünfte dankten sie ihm sehr, und seine Empfehlungen wollten sie befolgen. Als sie auseinandergingen, lagen schon dunkle Schatten über der Stadt, über Gärten und Feldern sowie über dem Gebirge. Nur das Meer glänzte, und tausend Schaumspitzen tanzten auf seiner unruhigen Oberfläche. Bis Tripolis rechneten sie mit zwei weiteren Tagen.

Tripolis war die zweitgrößte Hafenstadt des Landes. Bei ihrem Rundgang achteten sie auf alles, was während ihres kurzen Aufenthalts nützlich werden konnte.

Sie entdeckten zahlreiche *Khane* und feilschten sofort um eine günstige Herberge für die Nacht. Ein großer *Souq* bestimmte die Altstadt. Seine Gänge waren enger und verschachtelter als in Aleppo. Garküchen für ihr Abendessen gab es genug. Allerlei Hummus, mit Fleisch gefüllte frittierte Rollen, krümeliger Käse und Süßspeisen ließen ihnen das Wasser im Munde zusammenlaufen. Doch sie haushalteten mit ihrem Geld.

Südlich des Marktes bewunderten sie die Große Moschee. Auf einer felsigen Landzunge, die ins Meer hineinragte, lag der mächtigen Löwenturm, der den Hafen schon in grauer Vorzeit beschützt hatte. Am Meer schaukelten gut geborgen Schiffe. Einige von ihnen hatten Salz aus Zypern herangebracht.

So kurz vor dem Ende der Reise zeigte Tarek wieder mehr Aufmerksamkeit für die frauliche Anmut Alias. In der Nacht fand er die Zeit reif, ihr endlich seine Liebe zu beweisen. Der Wunsch nach Nachwuchs für ihre kleine Familie war nicht nur der Liebe geschuldet, sondern auch ein Zeichen von Optimismus. Die beiden Liebenden erhofften nach so vielen Mühen nun eine bessere Zukunft, und Söhne waren schließlich nachwachsende Rohstoffe dafür. ...

Der Küstenstrich Richtung Beirut wurde immer fruchtbarer. Das Laubwerk der Ölbäume glänzte silbern. Das Wetter war herrlich, und das Meer verwandelte sich zu einem weißen Spiegel. Wenn Wind aufkam, schimmerte die Sonne nur noch fahl durch den Staubnebel. Zwei Tage hatten sie noch vor sich bis zu ihrem Ziel! Sie waren sich längst einig geworden, auf jeden Fall am Rande der Metropole die Nacht zu verbringen und sie erst am nächsten Tag zu erkunden.

Sie trafen am Rande der Stadt auf ein Camp, in dem die Ärmsten der Armen wohnten. Es war im äußeren Kreis ein Zeltlager, das hauptsächlich aus Lkw-Planen errichtet war. Weiter innen erkannten sie die Umrisse von Hütten und Häusern.

Die herannahende Dunkelheit kaschierte ein wenig den Dreck. Aber der Lärmpegel war groß und ihre Nasen mussten so manche schlechten Gerüche ertragen. War dies die Ankunft im gelobten Land?

Alles war freudloser als auf der beschwerlichen Reise. Von einem positiven Vergleich mit ihrem bisherigen Zuhause wollten sie gar nicht sprechen.

Erschöpft bauten sie sich mit ihren Planen eine Unterkunft auf. Den Esel und alle ihre Habseligkeiten nahmen sie mit hinein. Sie hatten nur noch den Wunsch, sich auszuruhen. Bald schlief die kleine Gruppe den Schlaf der Gerechten. ...

Buch 2

Beirut, die Stadt ihrer Hoffnung

Erste Erkundungen

Es war nicht der aufkommende Morgen, der sie früh erwachen ließ. Es war vielmehr die enorme Lärmkulisse des Lagers. Tarek gehörte zu den Ersten, die nach draußen traten. Er gähnte und rieb sich seine müden Augen. Es dämmerte noch leicht, aber das Lager war voller Bewegung und Geräusche. Es schien völlig überbevölkert.

Sie nutzten das restliche Wasser für eine Katzenwäsche. Alia fädelte das letzte *Cevizli Sucuk* von den Schnüren und verteilte es zum Frühstück. Schließlich forderte Tarek alle auf, sich für eine erste Beratung zusammenzusetzen.

Er nahm das Wort: »Der erste Augenschein macht deutlich, dass wir hier nicht im Paradies gelandet sind. Wir werden um unser Fortkommen kämpfen müssen. Ich schlage vor, wir inspizieren zunächst einmal das Lager. Wir müssen uns ein Bild machen, was uns hier erwartet und was für uns möglich ist. Wir sollten uns dabei in kleinere Grüppchen teilen. Eine große Gruppe erregt Misstrauen und verursacht Staus in den engen Gassen. Die meisten Bewohner hier im Lager dürften Arabisch sprechen. Aber haltet auch bei anderen Sprachen, die ihr versteht, die Ohren offen und sucht Kontakt.

Wir müssen alles erfahren, was für unser Überleben wichtig ist, wie wir hier wohnen können, wie wir Arbeit finden, wer sich zum Freund gewinnen lässt und vieles mehr. Saugt alle Informationen in euch auf wie ein Schwamm das Wasser. Zwei von uns bleiben hier und bewachen unsere Habseligkeiten. Um 12:00 Uhr treffen wir wieder für einen Lagebericht zusammen. Nun dann, viel Glück!«

Nidal trat seinem Freund zur Seite: »Tareks Worten ist nichts hinzuzufügen. Sucht keine Gründe, ihm zu widersprechen. Bedenken bringen uns nicht weiter. Nur mutiges Tun kann unsere Lage verbessern. Alle für einen, einer für alle!«

Tarek nickte ihm dankbar zu, dann machte er sich auf den Weg ins Innere des Lagers. Er drehte sich noch einmal kurz um und sah zufrieden, dass die anderen ihm in kleinen Gruppen folgten.

Der schmale Pfad, der auf das Labyrinth der Gassen zuführte, strotzte vor Schmutz. Er war unbefestigt. Regengüsse hatten ihn ausgewaschen und uneben gemacht. Brauner Schlamm bröckelte nach einer längeren Dürreperiode vor sich hin. Überall lag Unrat herum. In ihm suchten Tiere Nahrung und spielten verschmutzte Kinder. Sie hatten keine anderen Spielplätze. Ihnen blieben nur die engen Gassen, auf denen sich Müllberge türmten.

Ohne Struktur zusammengebaute, mehrgeschossige Gebäude wuchsen Richtung Himmel. Vom Anstrich waren nur ein paar wenige Flecken auf schimmeligem Putz übriggeblieben. Meist war der Putz ganz abgeplatzt, und das zusammengestückelt Mauerwerk war zu sehen. Haustüren bestanden nur aus grob zusammengepassten alten Brettern. Die Höhe der Häuser und ihr dichtes Beisammenstehen blockierten den Lichteinfall und verhinderten das Zirkulieren der Luft. Die Luftfeuchtigkeit war unerträglich, es roch muffig und nach Schimmel. Die Häuser wurden anscheinend weitergebaut, wenn wieder Geld vorhanden war, mutmaßten sie.

Die Gebäude bestanden aus einem Mischmasch von Materialien. Es wurde verbaut, was gerade vorhanden war. Die ständig wachsende Zahl der Bewohner brauchte dringend zusätzliche Unterkünfte. Bebauungsflächen waren knapp und wurden von der libanesischen Regierung sogar verweigert. So blieb nur der Weg in die Höhe. Es waren erbärmliche Zustände, in denen die Menschen hier hausten. Nur das reichlich pulsierende Leben zeigte, dass nicht alles dem Verfall überlassen war. Man schien gegen ihn anzukämpfen. ...

Tarek sah sich das Elend genau an.

Wasserrohre liefen am Rand der Gassen entlang, waren undicht, tropften und rosteten vor sich hin. Der Weg glänzte überall glitschig. Das Wasser war als Trinkwasser kaum geeignet. Doch viele Bewohner mussten es trinken, denn sie hatten kein Geld, um sich sauberes Wasser zur kaufen. Zwischen den Rohren liefen Kabelbündel der illegalen Stromversorgung und kamen mit den tropfenden Rohren immer wieder in Kontakt. Dann wurde es gefährlich.

Jeden Tag ereigneten sich Unfälle. Hinter den maroden Türen, die meist offenstanden, wurde Tarek gewahr, wie übervölkert die Häuser waren. Frauen verschwanden sofort im Dunkeln, kaum, dass er sie entdeckte.

Je weiter er ins Innere des Lagers vordrang, umso mehr wurde der Straßenrand von den Bewohnern mitgenutzt. Vor Garküchen, die nach ranzigem Fett stanken, oder windschiefen Teehäusern saßen Männer im Freien, rauchten Wasserpfeife, debattierten und spielten Tric Trac. Ihre Blicke folgten Tarek und seinen Begleitern neugierig. Etwas weiter vorne hörte er Händler schreiend Ware anpreisen.

Schließlich erreichte er einige baufällige Häuser, die sich gegenseitig zu stützen schienen. Sie neigten sich in der Höhe so aufeinander zu, dass man den Himmel nicht mehr sehen konnte und damit auch nicht das Licht, das inzwischen von der Sonne über das Elend verstreut wurde.

Neben einem ärmlichen Laden mit Obst und Gemüse in der Auslage saßen ältere Männer auf einer Bank. Sie unterhielten sich in heimatlichem Mhallami-Arabisch. Er blieb stehen, sein Herz schlug schneller. Einer der Männer bemerkte das und sah zu ihm auf. Er gehörte zu den Menschen, an denen die Zeit vorbeizugehen schien. Sein Haarschopf war, trotz seines Alters, noch voll, keine grauen Strähnen deuteten seine Jahre an. Er war drahtig und sportlich und hatte kein Gramm Fett angesetzt.

»Du bist wohl neu hier«, sprach er Tarek freundlich an.

Der bejahte die Frage höflich.

»Meine Freunde und ich kommen aus Rashdiye und gehören, wie du, dem Stamm der Mhallami an. Wir sind fremd in diesem Land.«

»Sei willkommen. Man nennt mich Ali al-Nawal und hat mich zum Obmann des Lagers gewählt. Wahrscheinlich, weil ich alt bin und gut reden kann.«

Er lächelte bei seiner Antwort.

38

»Ich bin ein Mhallami wie du und schon allzu lange hier gestrandet. Brüder müssen in der Fremde zusammenhalten.

Ich bin bereit dazu. Was möchtest du wissen? Doch zunächst merke dir: In Beirut werden wir von den Libanesen einfach Kurden genannt. Trotzdem hast du recht, ich bin ein Karmanci-Kurde, also ein Mhallami und spreche deinen Dialekt.«

»Das macht mich froh. Können wir hier eine Bleibe finden?«

Ali al-Nawal dachte kurz nach:»Die Libanesen betrachten diese Art Lager als gesetzlos. Ihre Regierung kann sie jederzeit auflösen. Im Moment haben wir das Glück, dass die Einstellung überwiegt, man müsse sie aufrechterhalten, um die Sicherheit im Land zu gewährleisten. Ohne eine solche Bleibe würden die vielen Flüchtlinge für Unruhe sorgen. Aber schenken tun sie uns nichts. Wir sind Menschen zweiter Klasse.«

»Wie kann man hier einen Platz zum Wohnen bekommen?«

»Das ist nicht einfach. Die Häuser sind alle überfüllt.

Stirbt jemand oder zieht jemand weg, dann warten schon viele auf sein Zuhause. Man brauch Geduld, Freunde, starke Ellenbogen und Geld.«

»Kann man hier wenigstens etwas verdienen?«

»Dafür musst du aus dem Lager gehen. Es gibt einige Sammelpunkte am Rande von Beirut. Dort suchen Libanesen früh morgens vor Sonnenaufgang billige Arbeitskräfte. In der Stadt floriert die Wirtschaft. Männer werden für den Bau gesucht oder auch vor der Stadt für die Ernte gebraucht. Unsere einfache bäuerliche Herkunft liegt wie ein Fluch über uns. Man traut uns keine höheren Arbeiten zu. Auch Frauen können nur putzen, nähen oder hüten die Kinder der Reichen. Selbst unsere Kinder müssen ihren Dienst als Lastenträger und Boten anbieten und zum Unterhalt beitragen. Du wirst wie ich nicht registriert sein. Dann bleibt dir nur die Schwarzarbeit. Das bedeutet keine Versicherung und höchstens die Hälfte des üblichen Lohns.«

»Hast du eine Anstellung hier im Lager?«

»Ja, ich bin alt. Ich schlage mich mit kleinen Dienstleistungen durch und erhalte von der Gemeinschaft einen Obolus als Obmann. Ich repariere Stromleitungen und löte die Wasserrohre, doch das ist, wie gegen Windmühlen zu kämpfen. Außerdem schleppe ich alleinstehenden Frauen schwere Sachen in ihre Wohnungen. Mit dem Verdienst aus alldem schlage ich mich so eben durch. Auf jeden Fall lerne ich viele Leute kennen und weiß auch am ehesten, wann eine Wohnung frei wird.«

In seinen dunklen Augen spielte bei dieser Bemerkung ein gewitztes Lächeln.

»So gut wir können, werden wir dir für deine Dienste gern einen Geldbetrag beisteuern. Als Erstes brauchen wir eine Unterkunft und Arbeit. Wir können hart arbeiten.«

»Das ist ein Wort. Sei morgen um 5:30 Uhr hier an Ort und Stelle. Ich werde euch an die Sammelstelle führen. Wenn eine Wohnung frei wird, werde ich an euch denken. Aber mach dir keine falschen Vorstellungen. Große Familien leben dicht gedrängt in Ein- bis Zweizimmerwohnungen. Wenn ihr etwas Geld zusammen habt, könnt ihr ein Stockwerk auf die bestehenden Häuser draufbauen. Das ist hier Gang und gäbe.

Geld zusammenbringen ist allerdings schwer. Als Flüchtlinge erhaltet ihr höchstens die Hälfte vom Mindestlohn. Krankenversicherung, wie sie die Libanesen haben, gibt es für euch gar nicht. Also gebt Obacht, wenn ihr arbeitet. Keiner unserer Arbeitgeber ist bereit, für uns in die Sozialversicherungskasse einzuzahlen. Wenn's gut kommt, kannst du mit etwa 150 $ im Monat rechnen.

Eins ist noch wichtig für euren Umgang mit den Libanesen: Viele von uns haben die von Atatürk verlangten türkischen Namen angenommen, um unnötige Reibereien mit den türkischen Behörden zu vermeiden. Hier werden arabische Namen bevorzugt. Wir hatten früher keine Nachnamen, aber die arabischen Libanesen führen welche. Es bietet sich an, es ihnen gleich zu tun. Die meisten von uns fügen eine Art Clannamen als Nachnamen hinzu. Der beschreibt zum Beispiel die Region, aus der man

40

kommt. Ihr könnt auch, als Zeichen des Neubeginns, für eure Gruppe einen neuen Sippennamen wählen.

Selbst zwei Identitäten sind manchmal sinnvoll. Den Behörden ist es dann nahezu unmöglich, die richtige herauszufinden, wenn sie euch suchen. Auch je nachdem, mit wem man zu tun hat, kann ein anderer Name besser sein. Wenn du zum Beispiel für einen Christen arbeitest, ist ein türkischer Name geeigneter als ein arabischer.«

Tarek war nun voller Informationen, aber er war auch ernüchtert. Dankbar hatte er wichtige Erfahrungen in sich aufgesaugt und wollte sie schnellstmöglich seinen Freunden mitteilen. Er fand höfliche Dankesworte und sagte zu, mit seinen Leuten am nächsten Morgen pünktlich da zu sein, um gemeinsam mit Ali auf Arbeitssuche zu gehen.

Der nickte und erwiderte kurz: »Na gut, dann werdet ihr sehen, dass diese Stadt nicht nur aus Elend besteht. Downtown Beirut liegen die eleganten Geschäfte mit ihren glitzernden Auslagen. Ihr kommt dort allerdings nur zum Arbeiten hin.«

Tarek machte sich auf den Weg zurück, um mit seinen Leuten zusammenzutreffen. Es war schon fast Mittag.

Alle waren pünktlich zur Stelle und saßen vor den Zeltplanen im Kreis. Sie wirkten niedergeschlagen. Tarek hatte das Gefühl, er müsse sie aufmuntern. Doch dann beschloss er, nicht automatisch die Initiative zu ergreifen. Er wollte stattdessen lieber abwarten, was sie zu berichten hatten. Als Erstes zu Wort zu kommen, würde ihr Selbstwertgefühl vielleicht steigern und auch die Laune verbessern.

Natürlich war es Nidal, in Tareks Augen der zweite Führer der Gruppe, der das Wort ergriff: »Das Leben wird hier für uns ein Kampf werden. Schon ein Dach über dem Kopf zu finden, verlangt schwerste Anstrengung.

Ich habe einen Sippenbruder kennengelernt, der schon länger hier wohnt. Ammar Sinan ist sein Name. Er hat mir einige Tricks verraten, wie

41

man hier überleben kann. Er ist bereit, uns zur Sammelstelle zu bringen, an der man Arbeit nachsucht. Wir können morgen vor Sonnenaufgang mit ihm gehen.«

»Dann hast du doch schon viel für uns herausgefunden«, lobte ihn Tarek. Wir haben damit schon zwei Möglichkeiten. Auch ich habe einen ersten Freund, der uns helfen will.«

Der erste Frust schwand dahin.

Nun tauschten sie eifrig alle Informationen aus, die ihnen wichtig erschienen. Sie waren nicht mehr nur niedergeschlagen, sondern planten eifrig ihre Zukunft. ...

Zwei Gruppen wurden für die Arbeitssuche eingeteilt. Eins war klar, am nächsten Morgen mussten sie Arbeit finden. Ihre Geldreserven gingen zur Neige. Nach der Besprechung nahm Tarek Nidal zur Seite:

»Wir sollten mit unseren beiden Frauen zusammenbleiben. Alia bekommt womöglich ein Kind. Es würde mich sehr beruhigen, wenn Ramiye als Freundin für sie da sein könnte. Wir Männer sind da nicht für alles geeignet.«

Nidal sah ihn überrascht an. »Ihr seid wirklich Optimisten. Natürlich halten wir zusammen. Du kannst dich auf mich verlassen.«

Den restlichen Tag nutzten sie, ihre Wohnstelle stabiler auszubauen und zu sichern.

»Hoffentlich haben wir schon etwas Besseres gefunden, wenn es kälter wird und die Regenzeit beginnt«, murmelte Amir vor sich hin.

Die ihn hörten, stimmten ihm in Gedanken zu. ...

Es dämmerte noch, als Tarek und Nidal mit vier weiteren Männern aufbrachen, um Ali al-Nawal zu treffen. Der hielt sein Wort und wartete schon auf sie. Schweigend machten sie sich auf den Weg zur Sammelstelle. Auf den Straßen herrschte noch wenig Betrieb. Nach etwa einer halben Stunde näherten sie sich ihrem Ziel. Es war schon etwas heller geworden, und sie konnten etwa 100 Meter vor sich eine Menschengruppe am Straßenrand stehen sehen.

42

»Ich glaube, wir sind zu spät dran. Andere sind vor uns da. Sie werden als Erste zum Zug kommen. Hoffentlich bleiben noch Arbeitsangebote für uns übrig«, meinte Tarek enttäuscht.

Ali sah das anders: »So darfst du das nicht sehen.

Die Libanesen kommen hier mit dem Wagen vorgefahren und schauen sich die Arbeiter genau an. Hier geht es zu wie auf einer Viehbeschau. Nur die gesunden und kräftigen haben eine Chance. Alle, die hier stehen, sind also noch im Rennen.«

Seine Beschreibung war so drastisch, dass sich Tarek fragte, ob er sich über diese Klarstellung freuen sollte.

Dann wurde es ernst. Autos fuhren im Minutentakt vor, meist Lieferwagen mit Ladepritsche. Die Fahrer ließen den Motor laufen, wenn sie ausstiegen. Sie zeigten damit deutlich, wie eilig sie es hatten. Dann inspizierten sie mit bohrendem Blick und wichtiger Miene die Wartenden. Immer wieder schoss eine Hand vor, zog jemanden auf die Straße und sagte: »Spring auf den Wagen, aber dalli!«

Tarek und Nidal standen nebeneinander. Sie hatten Glück und wurden bereits vom dritten Fahrer ausgewählt, und das auch noch gemeinsam. Schnell sprangen sie auf die Ladefläche. ...

Sie waren zu fünft auf dem Wagen. Es musste sich um ein größeres Projekt handeln, an dem sie arbeiten sollten. Die anderen drei saßen teilnahmslos auf der Ladefläche. Sie unternahmen so einen Transport sicher nicht zum ersten Mal.

Tarek und Nidal hingegen verfolgten die rasante Fahrt mit erstaunten Augen. Diese Stadt war riesig und facettenreich, etwas ganz anderes als ihr beschauliches Dorf. Je weiter sie vorankamen, umso breiter wurden die Straßen und umso höher und prächtiger die Gebäude. Besonders beeindruckend waren die stuckverzierten Kolonialbauten zwischen den modernen Wohntürmen.

Die Fahrbahn füllte sich immer mehr. Taxis und Minibusse machten durch permanentes Hupen auf sich aufmerksam. Die Busse fuhren mit offenen Türen, wohl, um mit dem Fahrtwind für Kühlung zu sorgen. Geschäfte lockten mit großen Fenstern und feinen Auslagen, wie die beiden Männer sie noch niemals gesehen hatten. Die Straßencafés waren gut gefüllt. Viele Müßiggänger saßen vor Kaffee oder Tee. Einige Leute tranken sogar in den Morgenstunden schon Alkohol.

Als die Straßenfront auf der Beifahrerseite durch einen langen Bretterzaun zugesperrt war, wurde ihr Wagen langsamer. In ein offenes Bautor fuhr er hinein. Die beiden Freunde sahen ein riesiges Baugelände vor sich. Es war so groß wie zwei Fußballfelder. Allerlei Baugeräte, bis hin zu mehreren übergroßen Kränen, waren im Einsatz. Über das Gelände verteilt machten sich viele Arbeiter zu schaffen. Hier herrschte Aufbruchstimmung!

Tarek und Nidal sprangen mit den anderen vom Wagen und stellten sich vor dem Fahrer auf. Ein Hüne näherte sich ihnen. Der Fahrer ergriff das Wort: »Das ist Bassam Aziz, euer Vorarbeiter. Ihr habt zu machen, was er euch sagt. Wenn ihr einen Monatsvertrag haben wollt, reißt euch den Arsch auf. Bassam wird mir heute Abend berichten, dann fällt die Entscheidung. 150 $ gibt es im Monat. Kommt mir nicht mit dem Mindestlohn. Wir haben schon An- und Abfahrtsservice von und zur Sammelstelle abgezogen.«
Bei dieser Erklärung grinste er hämisch.
Keiner der beiden gab ein Widerwort.
Bassam setzte sich wortlos, aber zügig in Bewegung, und sie folgten ihm stumm. ...

Am Rande der Baustelle kreischten Motorsägen.
Latten wurden zugeschnitten. Als sie dort ankamen, erfolgte von Aziz die erste Ansage: »Wir wollen bald mit dem Verschalen beginnen. Ihr werdet aus dem Depot Latten herbeiholen, damit sie hier zugeschnitten werden können. Wenn ihr zu zweit anpackt, könnt ihr mindestens fünf Latten auf einmal herantragen. Sputet euch. Ich möchte keine Beschwerden hören, dass die Männer an den Sägen auf Nachschub warten müssen. Zeit ist Geld.«

44

Seine Stimme tönte rau, und er beendete den Sermon mit einem bösen Knurren.

Es dauerte einige Zeit, bis Tarek und Nidal den richtigen Takt gefunden hatten, dann lief es fast wie von selbst.

Die Arbeit war hart und schweißtreibend. Das empfanden alle so. Vor dem Depot stand ein Fass voll Wasser, an dem sich die Arbeiter bedienen durften. Diese Möglichkeit war allerdings mit Zeitverschwenden verbunden und wurde nur selten genutzt.

Ein Lagerarbeiter übergab beiden ein paar Arbeitshandschuhe. »Hütet sie, die gibt es nur einmal«, erklärte er.

»Mit Splittern in den Fingern kriegt ihr nichts geschafft und verliert eure Arbeit.«

Die Dämmerung setzte schon ein, als man auf dem Bau zum Ende kam. Der Fahrer sprach kurz mit Aziz, dann ging der zu den beiden Freunden hin: »Ihr habt den Test bestanden. Ich erwarte euch morgen zur gleichen Zeit an gleicher Stelle. Der Wagen steht dahinten. Springt auf.«

Die beiden Männer sahen sich an. Der erste Schritt war geschafft. Nun konnten sie weiter planen. …

Von der Sammelstelle eilten sie genauso schnell zu ihrer Unterkunft, wie sie auf der Baustelle gerannt waren. Ihre Frauen warteten schließlich auf sie. Sie sollten als Erste die gute Nachricht hören. Doch dann besann sich Tarek eines anderen und meinte:

»Wir sollten noch einen Umweg machen und bei Ali vorbeischauen. Ich möchte dich ihm vorstellen und für seine Hilfe danken. Es lohnt sich, mit ihm gut in Kontakt zu bleiben.«

Ali saß mit seinen Freunden vor dem Haus und spielte Tric Trac. Er blickte auf, als er die jungen Männer kommen hörte. Ein Lächeln huschte über sein Gesicht.

»Wie war euer Tag? Hast du Erfolg gehabt und eine Anstellung gefunden?«

45

»Dank dir«, erwiderte Tarek strahlend. »Für mindestens einen Monat sind wir in Lohn und Brot. Das heißt 150 $ für jeden von uns. Damit sind wir aus dem Gröbsten heraus.«

Ali warf ein: »Das kann man wohl sagen. Nach Angaben des nationalen Armutsbekämpfungsprogramms liegt die Armutsgrenze bei 2,40 $ pro Tag. Zu diesen armen Schluckern gehört ihr also nicht mehr.«

Tarek war erstaunt über Alis Kenntnisse, wollte aber noch etwas Wichtiges loswerden: »Lass mich dir meinen besten Freund vorstellen. Er heißt Nidal und ist aus meinem Heimatdorf. Wir sind die einzigen Männer unserer Gruppe, die mit ihren Ehefrauen kamen. Meine ist wahrscheinlich sogar schwanger.«

»Dann musst du sorgsam mit ihr umgehen«, meinte der Alte und spielte Tarek damit in die Karten.

»Das will ich, Ali. Sie soll keine schwere Arbeit mehr verrichten. Vielleicht kannst du mir helfen, das zu verwirklichen. Gibt es eine leichte Arbeit im Lager, die Alia für ein kleines Zubrot ausführen könnte? Auch wäre schön, wenn Nidals Frau Ramiye ebenfalls eine Arbeit fände. Sie soll ein Auge auf Alia haben.«

»Lass mich darüber nachdenken. Bestimmt fällt mir etwas ein. Wenn ihr vier so eng zusammengehört, dann muss ich wohl auch die Augen offenhalten, um eine Wohnung für euch gemeinsam zu finden?«

»Dich schickt uns Allah «, stammelte Nidal verlegen.

»Keine Vorschusslorbeeren, junger Freund. Aber ich werde mein Bestes tun. Nun macht euch fort, ihr wollt mit den erfreulichen Neuigkeiten bestimmt zu euren Frauen. Kommt morgen nach der Arbeit mit ihnen hier vorbei. Vielleicht weiß ich dann schon mehr.«

Die beiden nahmen die Aufforderung, zu ihren Frauen zu gehen, dankend an. …

Als sie ihre Zelte erreichten, war es schon duster.

Ihre Freunde hatten ein Feuer angemacht, das allerdings nur schwach

46

Licht spendete. Tarek zählte die Umrisse der Anwesenden. Alle waren zurück.

Zwei Schatten erhoben sich und kamen auf sie zu. Es waren ihre Frauen. Sie fielen ihnen in die Arme, und Tarek hörte Alias weiche Stimme: »Ich bin so froh, dass ihr zurück seid. Ich dachte schon, es sei etwas Schlimmes geschehen.«

Tarek drückte sie fest an sich. Ihre Fürsorge tat ihm gut.

Noch länger saßen sie zusammen und tauschten ihre Erfahrungen aus. Nur dreiviertel der Männer hatten Arbeit gefunden. Die anderen hofften nun auf den nächsten Tag.

»Ihr müsst euch anstrengen«, spornte Tarek sie an.

»Wir müssen so schnell wie möglich aus den Zelten raus. In den Wintermonaten taugen die nichts. Öl ist viel zu teuer, um sie zu beheizen. Sie schützen auch nicht vor widrigen Witterungsverhältnissen. Wir brauchen Geld, um uns in die Häuser einzukaufen, wenn sie auch noch so baufällig sind. Alle in Zelten fürchten sich vor dem Winter.«

Bald kehrte Ruhe ein. Die harte Arbeit verlangte nach einem erholsamen Schlaf. Tarek und Nidal flüsterten ihren Frauen noch leise zu, dass sie am nächsten Abend gemeinsam mit ihnen einen Freund im Lager besuchen wollten. Sie hofften, dass sich mit seiner Hilfe ihre Lage verbessern ließ. …

Der nächste Tag verging im Rhythmus des Vortrags. Es ereigneten sich keine Besonderheiten. Alle bis auf Amir hatten dieses Mal Arbeit gefunden. Er war zu stolz aufgetreten. Das musste sich ändern.

Das Treffen mit Ali kam zustande. Die vier trafen ihn an seinem gewohnten Platz. Er lud sie auf ein Glas süßen Tee ein. Die beiden Frauen schienen ihm zu gefallen. Da er akzeptable Neuigkeiten hatte, ließ er die jungen Leute nicht lange zappeln:

»Ich sehe eine Möglichkeit, euch aus den Zelten zu holen. Die Unterkunft, die ich anbieten kann, ist nur wenig besser, aber preiswert und wintersicher. Sie passt in euren finanziellen Rahmen. Ihr müsst allerdings zu sechs Erwachsenen in einem Raum wohnen. Die zwei anderen sind jedoch auf dem Abflug. Sie wollen ihren Mitbewohnern folgen, die etwas Besseres gefunden haben. Das Haus ist ziemlich verwahrlost. Immerhin wurden vor Kurzem vom libanesischen Roten Halbmond im Treppenhaus mehrere Behelfstoiletten aufgestellt. Die Fenster sind undicht, und besonders nachts, wenn alle im Zimmer schlafen, herrscht stickige Luft und bildet sich Feuchtigkeit. Sie dürft ihr nicht öffnen, sonst kommen Ratten und Ungeziefer herein. Sie liegen übrigens so ungünstig, dass fast kein Licht in die Stube dringt. Der Raum ist aber im Winter auf jeden Fall besser als eure Zelte«, beteuerte Ali nochmals.

Er sah sie forschend an. Als keiner von ihnen etwas sagte, fuhr er mit weiteren Einzelheiten fort: »Die Wasserstelle liegt außerhalb der Wohnung und wird von den anderen Hausbewohnern mitgenutzt. Es gibt eine alte Waschmaschine, die euch auch für kleines Geld zur Verfügung steht. Allerdings fällt am Tag oftmals der Strom aus. Die Generatoren sind alt. Ihr solltet wissen, selbst so eine Wohnung ist nicht sicher. Die ärmlichste Habe ist für andere immer noch ein Schatz und verlockt zum Stehlen. Die meisten Bewohner setzen deshalb die Türschlösser des Nachts und, wenn sie tagsüber fort sind, unter Strom.

Alia war bestürzt. Sie hatte mit mehr Solidarität der Armen untereinander gerechnet. Da war es in ihrer dörflichen Umgebung doch besser gewesen.

»Ich möchte euch die Wohnung jetzt nicht zeigen, aber das Haus könnt ihr von hier aus sehen.«

Ali deutete mit der Hand auf einen heruntergekommenen Bau, der nach oben längst nicht beendet schien.

Alle vier hatten ihm gebannt zugehört. Ihre stimmlose Bewertung war fast gleich: Was für eine ärmliche Gemeinschaft! Keine Sicherheit, schmutzige Enge und keine Lebensfreude! Ob sie aus diesem Teufelskreis jemals herauskämen?

48

Zunächst sahen sie keine Aussicht auf Besserung. Trotzdem wussten sie, dass sie für Alis Bemühungen dankbar sein mussten. Sie wollten nach vorne gucken, es gab kein Zurück. ...

Tarek wies dazu den Weg:

»Ali, du bist wie ein Vater zu uns. Ich weiß nicht, wie wir dir danken können. Bitte zeige uns eine Möglichkeit auf, wenn du eine siehst.« Der Alte winkte ab: »Lass es gut sein, ich bin alt und brauche nicht viel. Wenn ihr einmal mehr haben solltet, könnte ihr an mich denken. Ich freue mich, Brüdern und Schwestern zu helfen.« Diese Aussage nahm Tarek mit seiner nächsten Frage auf: »Ist dir vielleicht auch ein Gedanke gekommen, wie unsere Frauen eine Nebenbeschäftigung finden könnten?«

»Auch da lässt sich wahrscheinlich etwas anbahnen. Alleinstehende Frauen mit Kindern sind hier im Lager die Ärmsten der Armen. Teilweise haben sich ihre Männer davongestohlen und suchen nun in Europa ihr Glück. Teilweise sind die bei der Schwarzarbeit tödlich verunglückt. Diese Frauen müssen nun allein hart arbeiten, um sich mit ihrer Brut durchzuschlagen.

Wenn die Kinder noch nicht groß genug sind, um selbst Hilfsarbeiten zu übernehmen, toben sie ganztägig unbeaufsichtigt in den dreckigen Gassen herum. Wir hatten eine junge Frau, die über sie in dieser Zeit die Aufsicht führte. Für ein bescheidenen Lohn versteht sich.

Die Frau ist kürzlich fortgegangen und nun Haushaltshilfe bei reichen Leuten. Sie putzt, wäscht, geht einkaufen und kocht. Ihr Arbeitgeber hat ihr sogar eine Arbeitserlaubnis besorgt. Das machen die Reichen gerne, dann sind sie nämlich für die Frauen die Ansprechpartner bei den Behörden und haben sie fest in der Hand. Sie kann in der Familie wohnen. Ihr Arbeitstag ist lang, aber trotzdem darf sie sich glücklich schätzen, denn sie verdient so viel wie ihr Männer, also um die 150 $ im Monat.

Ich glaube ihre ehemalige Stelle könnte von deiner Frau wahrgenommen werden. Sie könnte mit den Kindern bei euren Zelten bleiben und gleichzeitig eure Sachen bewachen. Was hältst du davon?«

49

»Ich mag Kinder sehr«, Alia strahlte vor Glück. Sie wollte unbedingt etwas für die Gruppe tun und nicht schon am Beginn einer möglichen Schwangerschaft Müßiggang pflegen.

Ali nickte freundlich und kam auch auf einen Vorschlag für Ramiye zu sprechen: »Die libanesische Organisation Kafa, (arabisch für: »es reicht!«), finanziert dreimal in der Woche eine Arztvisite hier im Lager. Der Doktor braucht eine resolute Frau an seiner Seite, die muss ihm seine medizinischen Geräte reichen, Kranke bei der Untersuchung festhalten, Verbände anlegen und vieles mehr. Er möchte Ramiye kennenlernen.«

Ramiye ließ gar nicht erst Zweifel aufkommen, wie gerne sie diese Aufgabe übernehmen wollte: »Ich stelle mich vor, sobald er es möchte.«

»Dann werden wir das morgen gemeinsam regeln«, versprach Ali. »Es wird Zeit, dass ihr euch ausruht, morgen kommt wieder ein harter Tag auf euch zu.« …

Tarek sah sein Tagwerk für heute noch nicht beendet. Als Anführer musste er die Gruppe noch über die Neuerungen informieren. Außerdem hatte er vor, mit dem heutigen Tag die Position des Anführers abzugeben. Er hatte die übernommene Pflicht erfüllt und die Gruppe unbeschadet nach Beirut geführt. Seine Freunde mussten sich wieder daran gewöhnen, allein die Verantwortung für sich und ihr Fortkommen zu tragen. Den Weg zu den Zelten nutzte er, um sich die richtigen Worte zurechtzulegen. Seine drei Begleiter respektierten sein Schweigen.

Die Gruppenmitglieder kamen neugierig zusammen. Den meisten sah man die Müdigkeit an, aber ihre Neugierde überwog.

Tarek begann: »Ich möchte heute noch einiges klären. Wir haben Beirut alle wohlbehalten erreicht. Ich sehe damit meine Verantwortung als euer Anführer beendet.

Jeder von euch muss nun wieder selbst die Verantwortung tragen. Das heißt nicht, dass unser Zusammenhalt enden soll, der muss gerade hier weiter Bestand haben. Wir haben uns gemeinsam ein Ziel gesetzt. Um es zu erreichen, müssen wir uns gegenseitig unterstützen. Auch wenn es auf den ersten Blick hier schlechter erscheint als zuhause, gilt, der Weg zurück ist uns verwehrt. Es helfen keine Sentimentalitäten. Die türkischen Behörden verbieten uns als treulosen Emigranten die Rückkehr. Lasst mich euch einige Ratschläge geben:

Seht zu, dass ihr vor der Winterzeit ein festes Dach über dem Kopf habt. Unter den Planen werdet ihr die Unbilden der Witterung nicht überstehen.

Ich habe heute bereits fürs mich und Alia eine entsprechende Bleibe im Lager gefunden. Ihr solltet das auch versuchen. Wie ich hörte, gibt es auch Unterkünfte auf den Baustellen. Die darin wohnen dürfen, müssen die Baustelle allerdings nachts bewachen.

Wir müssen uns gegenseitig helfen, wenn eine Möglichkeit aufscheint, die Lage für Einzelne von uns zu verbessern.

Bemüht euch, eure Arbeit zu behalten. Alles hier kostet Geld, nichts wird euch geschenkt. Zuhause konnte die Familie einspringen. Hier sind wir zwar auch eine Sippe, aber in ihr muss jeder erst einmal für sich sorgen.

Ich habe gelernt, dass die Mhallami in Beirut gerne wieder das Arabische in ihren Namen betonen, was uns Kemal Atatürk in der Türkei verboten hatte. Ich habe vor, dies besonders im Umgang mit Behörden und Arbeitgebern zu tun. Ich werde voll Stolz auf unsere Herkunft verweisen und mich Tarek Omeirat al-Rashdiye nennen. Mit einem gleichen Namenszusatz können wir ein Symbol unserer Zusammengehörigkeit schaffen.

Für heute möchte ich es dabei bewenden lassen. Es ist zu spät, um noch zu diskutieren. Schlaft eine Nacht über alles. Morgen Abend können wir uns aussprechen. Gute Nacht!«

Alle waren unter seiner Ansprache erstarrt. In den Köpfen versuchten sie, sich der Bedeutung seiner Worte bewusst zu werden. Keiner brachte ein Wort hervor. Bald zog man sich stumm auf die Schlafstellen zurück. ...

Bei der Versammlung am nächsten Abend herrschte unter den Anwesenden eine gehörige Portion Angst. Was würde mit der Gruppe geschehen?

Tarek hatte sich die Punkte genau zurechtgelegt, die er heute ansprechen wollte:
»Wenn jeder ab nun für sich selbst Verantwortung haben soll, müssen wir die noch vorhandenen finanziellen Reserven unter uns aufteilen. Ich schlage vor, dass der Betrag in gleicher Höhe nach Köpfen zurückfließt.«

»Aber es gibt doch auch noch Gegenstände, die uns allen gehören bzw. die wir alle nutzen, was ist für die vorgesehen?«, wollte Amir wissen.
»Das wäre mein nächster Punkt gewesen«, antwortete Tarek etwas ungnädig.
»Die Vorräte sind fast aufgebraucht, sie sollten im Lager verbleiben, solange noch welche von uns in den Zelten wohnen. Über den persönlichen Besitz kann jeder ohne weitere Diskussion verfügen. Die Planen sollten erst dann verteilt werden, wenn der Letzte unser Zelt mit einer besseren Unterkunft getauscht hat. Wenn ich es richtig sehe, bleibt dann noch unser Esel.«

»Dazu habe ich einen Vorschlag«, meldete sich Amir schnell zu Wort: »Ich habe Probleme mit dem Arbeiten auf der Baustelle. Ich bin wohl doch eher ein Bauer. Von einem unserer Sippenbrüder im Lager habe ich erfahren, dass er ein bescheidenes, aber sicheres Auskommen als Gemüsehändler hat. Er schlug mir vor, mit ihm zusammenzuarbeiten. Ich könnte mit dem Esel aufs Land reiten, frisches Gemüse einkaufen, und er würde es hier in der Stadt verkaufen.«
»Willst du den Esel kaufen?«, kam als Frage aus der Runde. Amir schüttelte den Kopf. »Ich brauche meinen Anteil am Geld für den Kauf von Gemüse. Mir schwebt als Lösung vor, für die Nutzung des Esels einen Betrag in eine Gemeinschaftskasse zu zahlen.

Wir werden doch trotz der Änderungen eine Gemeinschaft bleiben! Ich bin übrigens gewillt, Tareks Vorschlag zu folgen und werde künftig den Namen Amir Sharif al-Rashdiye tragen. Wir sollten das für alle beschließen.«

Tarek fühlte sich geschmeichelt.

Unter seiner gutwilligen Moderation fand sich für den Esel eine gerechte Lösung. Die Gruppe stimmte auch überein, zumindest beim Umgang mit Behörden und Arbeitgebern den Nachnamenzusatz al-Rashdiye zu führen. Das kam ihrem Wunsch, ein Zeichen von Gemeinsamkeit zu dokumentieren, sehr entgegen.

Damit man sich nicht aus dem Auge verlor, wurde zunächst ein wöchentliches Treffen bei den Zelten vereinbart. Für außergewöhnliche Gründe konnte man sich an den Sammelstellen am Morgen gesondert verabreden. Die Gruppe hatte sich als entscheidungsfreudig und bedacht erwiesen. Alle hatten erkannt, wie sehr der Zusammenhalt Voraussetzung für das weitere Überleben war.

Tarek, Nidal und ihre Frauen erörterten noch gründlich den Ablauf des nächsten Tages. Mit dem Geld aus der gemeinsamen Kasse wollten sie, so schnell wie möglich, zu Ali gehen, um die Wohnung anzuzahlen. Sie durfte ihnen nicht durch die Lappen gehen. Da die Männer erst nach ihrer Arbeit dafür Zeit hatten, die Frauen aber sowieso schon am Morgen zu Ali hingehen wollten, um ihre Anstellung zu regeln, beschlossen sie, dass Alia und Ramiye auch schon die Miete zahlen sollten. ...

Alia und Ramiye waren mit ihren Männern aufgestanden. Als diese zur Sammelstelle gingen, räumten sie ihre Unterkunft auf, denn es war noch zu früh, Ali aufzusuchen. Danach machten sie sich mit einem Blecheimer auf die Suche, um an einem der beschädigten Rohre Wasser zu holen. Die Männer hatten den letzten Vorrat für ihre morgendliche Wäsche verbraucht. Es dämmerte schon, und man konnte ahnen, dass es mit ziemlicher Sicherheit wieder einen regenlosen Tag geben würde.

Die beiden Frauen hatten bei ihrer Morgenwäsche etwas gebummelt und auch das karge Frühstück in Ruhe eingenommen. Für das Zusammentreffen mit Ali al-Nawal zogen sie frische Kleidung an, denn es war nicht auszuschließen, dass sie den Arzt zu sehen bekämen. Ramiye wollte einen guten Eindruck machen. Beide sahen frisch und adrett aus, soweit das in ihrer ärmlichen Kleidung möglich war.

Ali empfing sie mit einem freundlichen »*Salam*«.

Alia strahlte ihn stolz an und sagte: »Wir wollen das Geld für die Miete vorbeibringen. Ich hoffe, du hast Zeit für uns.«

»Das ist gut. Damit nehmt ihr mir das Schuldgefühl, euch mit der Wohnung ungerecht zu bevorzugen. Gegen eure prompte Zahlung kommt kein anderer Mitbewerber an. Setzt euch zu mir und lasst uns ein Glas Tee trinken. Dabei lässt sich alles besser erledigen. Danach führe ich euch in die Wohnung.«

Die beiden Frauen zahlten den geforderten Betrag.

»Ich habe mich auch ansonsten um eure Anliegen gekümmert. Ich war mir sicher, das gegebene Wort hat in eurem Clan Bestand, und habe inzwischen mit den meisten alleinstehenden Frauen sprechen können.«

Ali sah bei diesem Satz Alia an.

»Fünfzig Kinder warten darauf, dass du sie beaufsichtigst. Sie werden sich morgen früh bei euren Zelten einfinden. Deine Bezahlung geht über mich. Du erhältst bis auf Weiteres 3 $ pro Tag.«

»Das ist mehr, als ich erwartet habe. Du verschaffst uns mit deiner Hilfe weitere Sicherheit. Allah wird dich für deine Güte belohnen.«

Alia sah ihn bei diesen Worten dankbar an.

Der Obmann ging auf Alias Worte nicht ein, sondern fuhr an Ramiye gerichtet fort: »Ramiye, morgen früh kannst du dich beweisen. Der Arzt kommt zur Visite. Er wird bei euren Zelten vorbeikommen. Ich hoffe du kannst seinen Ansprüchen genügen. Eigentlich bin ich mir sicher. Ich glaube damit ist alles gesagt. Wir sollten jetzt zu eurer Wohnung gehen. Auch für mich ist Zeit Geld, wenn auch nur wenig.«

Als sie das Haus erreichten, sahen die beiden Frauen durch die enge, dunkle Schlucht der Gasse an dessen Front nach oben. Unzählige Wäschestücke hingen an vielreihigen Leinen herab und zeigten, wie viele Menschen in dieser Unterkunft wohnten. Selbst bei dem schwachen Wind berührte die Wäsche immer wieder die schimmelige Außenmauer.

»Wir müssen in den zweiten Stock«, brummte Ali.

Drinnen war es noch dunkler als draußen. Ungesicherte Kabel hingen über ihren Köpfen herab. Die Luft war schlecht und vor dem ersten Behelfsklo roch es abscheulich nach Fäkalien. Es fühlte sich anscheinend niemand für die Säuberung verantwortlich.

Auf der zweiten Etage hatte Ali bereits einen Schlüssel in der Hand und schloss die Tür auf, die in die Wohnung führte. Durch zwei große Fenster kam Licht herein. Es war heller als im Flur, aber immer noch ziemlich schummrig. Ali betätigte den Schalter neben der Tür, und eine Birne, die von der Decke herabhing, leuchtete auf.

»Ihr habt Glück, der Generator arbeitet zurzeit, und eure Vormieter haben die Birne dagelassen.

Den Frauen stockte der Atem. Die Wohnung war sehr verschmutzt. »Hier müssen wir erst einmal richtig sauber machen«, sagte Ramiye bestimmt.

Ali hatte einen Tipp für sie: »Wenn ihr lüftet, öffnet die Fenster nur kurz. Eine von euch beiden sollte dann davor stehen bleiben und das Ungeziefer abhalten, in die Wohnung zu dringen. Wenn ihr nicht auf meine Warnung hört, werdet ihr spätestens in der Nacht dafür büßen.«

»Das Wachestehen wird deine Aufgabe sein, Alia, du sollst dich schonen«, verteilte Ramiye sofort die Aufgaben.

55

»Denkt daran, immer abzuschließen, wenn ihr die Wohnung verlasst. Solange ihr noch keine Gegenstände in ihr habt, könnt ihr darauf verzichten, das Schloss unter Strom zu setzen. Ich gehe davon aus, eure Männer holen heute Abend eure Habseligkeiten herbei. Ich zeige euch noch die nächste Wasserquelle, dann könnt ihr mit dem Reinemachen beginnen, und ich werde euch danach verlassen.« …

Die Frauen hatten den ganzen Nachmittag geschrubbt und gefegt, und so kamen ihre Männer am Abend in eine halbwegs gereinigte Wohnung. Die Wände waren allerdings immer noch verfleckt und beschmiert. Das konnte man nur mit einem Farbanstrich ändern, und dafür war erst mal kein Geld vorhanden. Kleinere Dinge hatten die beiden bereits in die Wohnung geschafft. Trotz des harten Arbeitstages mussten ihre Männer noch die großen Teile, wie Schlafmatten und Decken, herbeischaffen.

Da es am Morgen wieder schnell gehen musste, holten sie auch noch einen Vorrat an Wasser. Sie taten es mit Freude, schließlich hatten sie nun ein festes Dach über dem Kopf. …

Der nächtliche Schlaf verlief allerdings für alle unruhig. Schuld daran waren nicht nur die ungewohnte Umgebung, sondern auch die vielen Gedanken, die sich durch ihre Träume zogen. Alia beschäftigte sich ängstlich damit, wie sie am nächsten Morgen fünfzig Kinder angemessen hüten würde. Die innere Unruhe führte zu frühem Erwachen.

Dieses Mal hatten es die Frauen genauso eilig wie die Männer. Die Kinder würden früh am Zeltplatz eintreffen, da ihre Mütter auch zur Arbeit mussten. Sie hatten auch keine Vorstellung, wann der Arzt vorbeischauen würde.

»Tragt unser restliches Geld bitte an eurem Leib. Wir dürfen es nicht in der Wohnung lassen und können es auch nicht auf der Baustelle bei uns haben«, befand Tarek.

Sie verließen zusammen das Haus. Erst vor der Tür trennte sich ihr Weg.

Alia hatte sich für ihre Arbeit einen Plan zurechtgelegt, den sie auf dem Weg zu den Zelten mit Ramiye diskutieren wollte. Sie rechnete damit, dass die meisten Kinder schon bei ihrer Vorgängerin betreut worden waren, und wollte sich an einige ältere Mädchen wenden, um ihren damaligen Tagesablauf in Erfahrung zu bringen. Auch dachte sie daran, sich aus ihrer Mitte eine Schar von kleinen Helfern zu rekrutieren. Ramiye bestärkte sie, dies auf jeden Fall zu tun, und so verlor die Arbeit für Alia zunehmend das Stigma der Überlastung.

Bei den Zelten trafen sie auf einige verschlafene Kinder. Alia sah mit Erleichterung, dass die meisten von ihnen Trinkflaschen und kleine Beutel mit Nahrung bei sich hatten. Dafür musste sie also nicht Sorge tragen. Aus der Dämmerung kamen immer mehr Kinder heran und scharten sich stumm und mit neugierigen Blicken um die zwei Frauen.

»Ich heiße Alia und werde künftig tagsüber für euch sorgen. Bevor ich euch Einzelheiten erkläre, lasst uns warten, bis alle da sind. Dann muss ich nicht alles mehrfach erzählen.«

Alia schaute sich unter den Kindern um und ging dann auf ein älteres Mädchen zu. »Wie heißt du?«, fragte sie.

»Mein Name ist Fatima. Ich heiße wie die Tochter des Propheten.«

»Das ist ein guter Name. Bist du bisher schon mit den anderen Kindern zusammen gewesen?«

Das Mädchen nickte und erklärte stolz: »Ich habe sogar Gadi geholfen und selbst auf eine Gruppe von sieben Kindern aufgepasst.«

»Dann wirst du auch mir helfen müssen. Auf so viele Kinder allein aufzupassen, ist wie Flöhe hüten. Alle springen auseinander und machen die Aufsicht unmöglich.«

Fatima lachte und erwiderte: »Das tue ich gerne, und ich zeige dir nachher noch andere Mädchen, die Erfahrung als Helferinnen haben. Gadi hat dafür immer Mädchen ausgewählt, sie hielt sie für besonnener als Jungen. Die sind oftmals zu wild.«

»Das merke ich mir. Was habt ihr zusammen unternommen?«

»Bei gutem Wetter haben wir getobt und Fangspiele gemacht. Auch sich verstecken kann man hier gut. Ein Teil der Zeit ließ uns Gadi auch arbeiten. Wir haben den Müll zusammengetragen. Dann wurde ein großes Feuer gemacht und alles verbrannt. Das war die Belohnung für unsere Arbeit.

Wenn wir uns bei schlechtem Wetter irgendwo unterstellen mussten, hat uns Gadi Geschichten erzählt, oder wir haben gesungen.«

Bei Alia schwand die letzte Befürchtung, sie sei von ihrer neuen Tätigkeit überfordert. Sie freute sich nun sogar auf die Zusammenarbeit mit den Kindern. Fürs Erste hatte sie ja auch noch Ramiye an ihrer Seite. …

Gegen 11:30 Uhr näherte sich Ali mit einem kleinen Mann. Der trug einen Koffer mit dem roten Halbmond darauf.

»Der Doktor kommt«, flüsterte Ramiye ihrer Freundin aufgeregt zu.

Ali stellte ihn den beiden Frauen vor: »Das ist Dr. Issam Haddad.« Der Arzt sah die beiden mit seinen stechenden, schwarzen Augen an. Sein schmales Gesicht wendete sich dabei, genau wie seine Hakennase, von einer zur anderen. »Wer von euch ist Ramiye? Ali al-Nawal empfiehlt sie mir als Assistentin.«

Ramiye lächelte ihn vorsichtig an und hauchte ein: »Das bin ich«, und hob die Hand.

»Ich vertraue auf Alis Menschenkenntnis. Dann wollen wir beide es miteinander versuchen!«

Ramiye war überrascht und dankbar, wie problemlos seine Entscheidung gefallen war. Sie vermied jedes weitere Wort, um nicht doch noch etwas infrage zu stellen.

Der Mediziner wandte sich daraufhin Alia zu:

»Dann bist du Alia, und du bist schwanger?«

Alia errötete. »Ich bin mir nicht sicher. Aber mein Monatsblut ist dieses Mal ausgeblieben.«

»Komm mit mir in das Zelt. Ich werde dich untersuchen.

Dann hast du Gewissheit.«

58

Alia folgte ihm mit leicht aufkeimender Angst. Zunächst betastete Issam ihre Brüste. Sie waren fest.

»Hast du ein Spannungsgefühl darin?«, fragte er nach.

»Schon seit einigen Tagen«, bestätigte sie.

»Dann haben wir schon das erste positive Anzeichen! Macht deine Scham frei. Auch die muss ich untersuchen.«

Er sah dunkle, feste Schamlippen und meinte: »Auch deren gute Durchblutung spricht dafür, dass du guter Hoffnung bist, genau wie der leichte Ausfluss, den ich feststellen kann.«

Wir haben leider keine Apothekenfrösche. Mit einem Frosch könnte ich deinen Urin testen. Aber ich bin mir jetzt schon sicher, du bist schwanger.«

Das positive Ergebnis ließ Alia in einen Glückstaumel fallen. Sie bedankte sich überschwänglich bei dem Mediziner und konnte es nicht erwarten, ihren Mann am Abend zu sehen, um ihm die Diagnose des Arztes mitzuteilen. Ramiye teilte die Freude mit ihr, meinte aber: »Kinder waren in unserer Welt immer schon wie Kapital. Trotzdem haben Nidal und ich euch heimlich bewundert, dass ihr euch auf der Reise ins Ungewisse entschieden habt, ein Kind in die Welt zu setzen. Wir waren nicht so mutig und sind es immer noch nicht. Zu schwer erscheint uns der tägliche Kampf ums nackte Überleben, den wir schon zu zweit erfolgreich bestehen müssen.«…

Als Tarek das Zimmer betrat, fand er seine Frau schlafend. Sie war zu erschöpft gewesen, um auf seine Ankunft zu warten. Er näherte sich ihrem Gesicht mit der Kerze und streichelte ihr sanft über die Wangen. Sie erwachte nicht. Tarek blieb hartnäckig, und schließlich öffnete sie ihre Augen. Nach dem Moment des Erkennens stützte sie sich auf die Ellenbogen und flüsterte: »Der Doktor hat gesagt, wir bekommen ein Kind. Wenn es ein Junge wird, soll er, wie dein Vater, *Firat* heißen. «

Und es sollte wirklich ein Junge werden! …

59

Das erste Jahr in Beirut

Die Gruppe der Freunde bot weiterhin Sicherheit und Schutz. Wenn man sie brauchte, ging man zum wöchentlichen Treffpunkt und erhielt Hilfe und Ratschläge. Es machte einen Unterschied, dass man sich lange und gut kannte und als Familie empfand. Beim Austausch von Problemen wurden schnell wertvolle Ratschläge erteilt. Die Vertrautheit führte zu schnellem Verstehen:

Der Befragte konnten ohne viele Worte der Erklärung erkennen, was dem Hilfesuchenden fehlte. Außerdem vertraute man sich ohne Vorbehalt Ängste und Nöte an.

Allen war es gelungen, in der Zwischenzeit ihren Arbeitsplatz zu behalten. Ihr angeborener Fleiß zahlte sich aus. Allerdings ergab sich bei den meisten kein wirtschaftliches Fortkommen. Bei ihnen herrschte Schmalhans Küchenmeister. Mehrere hatten jedoch inzwischen Partner gefunden. Die Gruppe wuchs ständig und damit die Möglichkeit, sich untereinander zu helfen.

Am besten traf es Amir, der anfänglich mit dem städtischen Leben so wenig zurechtgekommen war. Er hatte vom fruchtbaren Küstenstreifen nahe der Hauptstadt mit seinem Esel unentwegt Gemüse und Obst herbeigeschafft und davon nicht nur die Miete für das Tier bezahlt, sondern auch einen Notgroschen zur Seite gelegt. Meist holte er seine Ware aus dem kleinen Fischerdorf Jounieh, das nur zehn Kilometer nördlich von Beirut lag. Die Lage in der Bucht unterhalb von Harissa, inmitten des milden mediterranen Klimas und auf besonders fruchtbarem Boden, ließ die Feldfrüchte prächtig gedeihen.

Der Ort war überwiegend von Christen bewohnt. Das Kloster Bkerke auf einem Hügel im Osten beheimatete den Sitz des Patriarchen der Maronitischen Kirche, der größten christlichen Gruppierung im Land.

Amir hatte allerdings Kontakt zu einer muslimischen Bäuerin namens Basima gefunden und mit der Zeit eine vertrauensvolle Geschäftsbeziehung aufgebaut. Die Frau war in seinem Alter und hatte erst kürzlich ihren Mann verloren. Er war beim Fischen im Meer ertrunken.

Basima fiel es nicht leicht, ihr Stück Land allein zu bewirtschaften. Zunächst teilte Amir bei seinen Besuchen ihre Sorgen, dann begann er, ihr bei der Feldarbeit zu helfen. Die beiden kamen sich näher.

Basima bedeutete Lächeln. Das sah man nun wieder öfter auf ihrem Gesicht.

Nach einem halben Jahr beschlossen sie, sich zusammenzutun. Amir mochte die bodenständige Frau und freute sich, wieder Bauer zu sein. Von den Nachbarn lernte er auch den Fischfang. Basima sah es gar nicht gern, wenn er sich auf dem Meer in Gefahr begab.

Die erste Zeit lieferte Amir von Jounieh aus noch weiter Gemüse und Obst nach Beirut. Als sich jedoch die Möglichkeit ergab, ein zusätzliches Stück Land zu pachten, beschloss das Paar, den Verkauf der Erträge in andere Hände zu geben und sich ganz der Landwirtschaft zu widmen. Basima war glücklich, dass Amir von da ab nur noch vom Ufer aus für den Eigenbedarf fischte.

Amir ritt ein letztes Mal mit dem Esel nach Beirut, um beim Treffpunkt der Gruppe alles zu regeln. Er gab den Esel zurück und fand ein Mitglied der Gemeinschaft, das seine Arbeit fortführen wollte.

Amir bedankte sich bei seinen Freunden für die gewährte Starthilfe. Er versprach, mit jeder Lieferung in die Stadt ein wenig Gemüse und Obst für die Kinder kostenfrei beizusteuern. Er hielt Wort, und die Kleinen konnten teure Nahrungsmittel essen, die gerade in der Wachstumsphase wichtig waren.

Ihre Clique hatte eben etwas Klebriges an sich. Sie bedeutete allen immer noch gleichviel. Man förderte die Gemeinsamkeit. ...

Für Alia kam der Zeitpunkt des Gebärens immer näher. Sie hatte ihre zierliche Figur verloren und war unförmig geworden. Ihr Gang war mittlerweile schwer. Da es im Lager keine Hebamme gab, hatte sich Ramiye von Dr. Haddad, mit dem sie ein gutes Einvernehmen pflegte, allerlei Ratschläge für den Geburtsvorgang eingeholt und war bemüht, so oft wie möglich in der Nähe von Alia zu sein. Wenn bei der Schwangeren die Angst vor der Geburt überhandnahm, tröstete sie die Freundin mit den Worten: »Du schaffst das.«

Sie gingen das zu erwartende Szenario immer wieder gemeinsam durch. Ramiye gab dabei ihr Wissen von Dr. Haddad weiter: »Der Geburtsverlauf ist etwas sehr Individuelles. Es ist völlig ungewiss, ob überhaupt Schmerzen auf dich zukommen. Manchmal vergehen zwei Tage von der ersten Wehe bis zur Geburt, doch oftmals erfolgt sie viel schneller. Meist setzt sie mit einem Blasensprung ein. Der verursacht überhaupt keine Schmerzen.«

»Eine solche Geburt wünsche ich mir«, flüsterte Alia.

Dr. Haddad hat mir für dich ein wehenförderndes Mittel gegeben. Das darf ich dir, wenn es ernst wird, spritzen. Das wird dir helfen.«

Alia war mittlerweile schon eine Woche über dem errechneten Geburtstag. Doch an diesem Morgen war sie sich sicher, heute geht es los. Der Tag verging ohne jegliche Besonderheit. Gegen 19:00 Uhr konnte sie die Kinder, wie gewohnt, zu ihren Müttern zurückschicken. Ramiye hatte einen dienstfreien Tag und war ihr nicht von der Seite gewichen.

Erst gegen 19:15 Uhr platzte die Fruchtblase. Das verursachte wirklich keinen Schmerz. Ramiye hakte Alia unter und ging mit ihr Richtung Wohnung. Die Treppen in den ersten Stock zu gehen, fielen der Schwangeren schwer. Ihre Freundin war ihr eine große Hilfe dabei.

Ramiye legte zwei Schlafmatten übereinander, damit sie Alia auf ein weiches Lager betten konnte. Als sie mit ihrer Hilfe lag, zündete Ramiye den kleinen Kocher an, um Wasser abzukochen.

62

Alia stöhnte und atmete schwer, aber die Wehen setzten nicht ein. Ramiye setzte ihr die Wehenspritze.

Endlich kamen die ersten Wehen. Nun ging zum Glück alles sehr schnell, verlief aber heftig. Für Alia wurde es anstrengend und schmerzhaft. Ihr blieben kaum Verschnaufpausen zwischen den Wehen. Sie fand keine Möglichkeit, sich zwischen den Pausen zu erholen und Kräfte zu tanken. Der Muttermund öffnete sich von zwei auf zehn Zentimeter. Ramiye bekam ein Stück eines dunklen Haarschopfs zu sehen. Das Baby war auf dem Weg in die Welt!

Alia hatte das Gefühl, ihr Bauch würde zerreißen. Sie schrie auf und presste instinktiv, um den Schmerz zu beenden. Ein Ruck ging durch ihren Unterleib und der Kleine flutschte auf einer Welle Feuchtigkeit nach draußen. Ramiye trat sofort in Aktion, als hätte sie dies schon mehrfach getan. Sie band die Nabelschnur ab und schnitt sie durch. Dann nahm sie das Kind an den Füßen und gab ihm einen sanften Klaps auf das Hinterteil.

Der Junge gab seinen ersten Lebensschrei von sich. Alia starrte ihn mit weit aufgerissenen Augen an. Das Glücksgefühl, das sie durchströmte, konnte sie nicht fassen.

Ramiye wusch den Kleinen mit dem abgekochten Wasser und wickelte ihn in saubere Tücher. Dann trug sie ihn zurück zu seiner Mutter und legte ihn an ihre Brust. Die Geburtsschmerzen waren vergessen. Sie spielten keine Rolle mehr, als sie das kleine, gesunde Kerlchen in einem Rausch von Glück in den Armen hielt.

Die beiden Männer bestaunten den kleinen Firat, als sie nachhause kamen, wie ein Weltwunder. Tarek berührte ihn vorsichtig und küsste seiner Frau die Schweißtropfen von der Stirn, die Ramiye in ihrer Aufregung noch nicht fortgewischt hatte.

Mutter und Kind schliefen vor Erschöpfung die ganze Nacht durch. Eine so ruhige Nacht sollten die Eltern für längere Zeit nicht mehr erleben! …

Alia fiel nun als Hüterin der Kinder eine ganze Zeit aus. Doch Ramiye wusste auch in diesem Falle Rat und erwies sich als zuverlässige Freundin: In den Tagen, an denen der Arzt im Lager nicht zur Visite kam, sprang sie ein. An den Tagen der Visite überzeugte sie Dr. Haddad, die junge Fatima als Helferin mitzunehmen. Ramiye hatte das Herz des Mediziners längst gewonnen und fand seine Zustimmung. So konnte Alia sich ohne Sorgen erholen.

Ein schlimmes Ereignis veränderte am nächsten Tag die Welt der kleinen Familie von Tarek. Nidal und er waren zwar pünktlich zur Baustelle gekommen, aber sie waren todmüde. Der kleine Firat hatte die ganze Nacht gewimmert und sie wachgehalten. Der Morgen war bedeckt und kühl, und so fiel es den beiden Männern wenigstens etwas leichter, die Schalbretter zur Säge zu transportieren.

Die alte Kreissäge wurde Kern des Übels: Sie war zwar noch technisch einwandfrei, hatte aber keine selbstständig schließende Schutzhaube. Auch ein Schiebestock war nicht vorhanden. Deshalb musste der Mann an der Säge die Bretter, ohne Verwendung der Anschläge, freihändig zuschneiden. Eine Schutzhaube konnte als Sicherheit nicht auf das Schallbrett abgesenkt werden.

Direkt vor dem Unfallereignis trennte der Arbeiter ein fünfzehn Zentimeter breites Holzstück in einem halben Meter Länge von dem eingeführten Brett ab. Das Reststück blieb neben dem immer noch kreisenden Sägeblatt auf dem Sägetisch liegen.

Der Mann griff mit seiner rechten Hand danach, um es zu entfernen. Dabei kam das Holzstück unglücklicherweise an die rotierende hintere Seite des Blattes. Es schlug zurück und drückte die Führhand in die kreisenden Zähne. Daumen, Zeigefinger und Ringfinger wurden erfasst und abgetrennt.

Durch das unbedachte Greifen nach dem Endstück und ohne Schutzhaube war eine schlimme Verletzung eingetreten, die ohne schnelle Erste Hilfe lebensgefährlich werden konnte. Ein Blutschwall kam stoßweise aus den offenen Wunden.

Während Nidal zunächst vor Schreck erstarrte, reagierte Tarek sofort. Er agierte instinktiv so, wie man es bei einem solchen Unfall tun sollte. Zunächst musste die Blutung gestillt werden. Tarek übte deshalb starken Druck auf die beiden Arterien des Innenarms aus. Diese Maßnahme hatte er zuhause in Rashdiye bei einem Unfall mit der Sense gesehen. Er forderte Nidal auf, das Hemd des Verwundeten zu zerreißen, legte aus dem Stoff Kompressen auf und passte einen Druckverband an.

Sein Freund hatte inzwischen wieder Kontrolle über sich gewonnen und mit Erfolg nach einem Krankenwagen gerufen. Tarek dachte schon weiter: »Wir müssen die abgetrennten Glieder zusammensuchen, reinigen und kühl lagern. Nur dann besteht eventuell Hoffnung, sie wieder anzunähen. Hol kaltes Wasser aus dem Gefäß am Lager.«
Nidal verstand ihn sofort und rannte los. Tarek sah sich derweilen nach kleineren Gewebeteilen um, die sie möglicherweise übersehen hatten. Alles sollte mit ins Krankenhaus kommen. ...

In einer Staubwolke raste der Krankenwagen herbei. Die Sanitäter und der Arzt handelten professionell. Der Verunfallte wurde auf eine Bahre geschnallt. Die abgetrennten Glieder kamen in ein Kühlgefäß. Der Arzt hatte ein kurzes Lob für die beiden erfolgreichen Ersthelfer. Dann ging es mit Sirene und Gasfuß ins Krankenhaus.

Bassam Aziz, ihr hünenhafter Vorarbeiter, war heute milder gestimmt als sonst. Die Tatkraft der beiden Männer hatte ihn beeindruckt. »Für heute könnt ihr nachhause gehen. Morgen wissen wir mehr, und dann sehen wir weiter.«
Ein richtiges Lob brachte er nicht über seine Lippen. ...

Am nächsten Morgen lag eine Zustandsbeschreibung aus dem Krankenhaus vor. Die abgetrennten Finger konnten zwar angenäht werden. Der Handchirurg glaubte allerdings nur an einen partiellen Erfolg. Die Finger würden wieder beim Zugreifen unterstützen können, die Nervenbahnen blieben aber unterbrochen. Die bisherige Beweglichkeit der Finger war verloren. Der Mann konnte seine Arbeit nicht mehr verrichten.

Bassam Aziz zog vor Tarek und Nidal den Schluss daraus: »Wir benötigen Ersatz für den Verletzten.«

Zunächst wandte er sich an Tarek: »Du kannst seine Stelle bekommen. Das bringt dir 30 $ mehr im Monat. Glückwunsch.«

Zu Nidal sagte er: »Für dich eröffnen wir einen weiteren Sägeplatz. Zu deiner Entlohnung gilt das Gleiche. Macht nicht denselben Fehler wie euer Vorgänger. Passt gefälligst auf.«

Mit unbewegter Miene drehte sich Aziz um und ging davon. Nidal und Tarek waren sprachlos. Als sie begriffen, was ihnen geschehen war, fielen sie sich glücklich in die Arme. Es fiel schwer, bis zum Abend durchzuarbeiten. Es drängte sie, ihren Frauen von ihrem Glück im Unglück zu berichten. …

Pausen des wirtschaftlichen Aufschwungs im Zuge der Suezkrise 1956

Der Al-Rashdiye-Clan wuchs ständig an. Immer mehr Mhallami, die im Libanon Fuß gefasst hatten, traten ihm bei. Leider ging ihre wirtschaftliche Sicherheit nicht mit dem Wirtschaftsboom des Landes einher. Die meisten von ihnen lebten nach wie vor am Rande des Existenzminimums und ohne Papiere.

Die Familien von Tarek und Nidal bildeten eine glückliche Ausnahme. Bassam Aziz hatte sie nach der Erste-Hilfe-Aktion unter seine Fittiche genommen und ihnen sein Vertrauen geschenkt. Er schanzte ihnen öfters Spezialaufgaben zu, die ihre Haushaltskasse auffüllten. Die größte Wohltat, die sie mit seiner Hilfe erhielten, war allerdings eine Mietwohnung in einem Altbau der Innenstadt.

Endlich waren sie dem Flüchtlingslager entkommen. Sie hatten saubere vier Wände, trinkbares, fließendes Wasser, sichere Elektrizität, eine Toilette im Bad sowie einen Küchenherd.

In dieser entspannten Atmosphäre gedieh Firat prächtig. Die Frauen konnten ihre außerhäusliche Arbeit einstellen. Da es nach wie vor für den achtjährigen Firat keine Schule gab, versuchten sie, ihm wenigstens das beizubringen, was sie vermitteln konnten.

Nidal und Ramiye bemühten sich nun ebenfalls um Nachwuchs. Sie wollten nicht zu alte Eltern werden. Die vier Freunde hatten allerdings entschieden, es in dieser unsicheren Welt mit jeweils einem Kind gut sein zu lassen.

Tarek arbeitete daran, seinen Clanbrüdern und -Schwestern so gut wie möglich zu helfen. Er ging zu den wöchentlichen Treffen und merkte dabei, dass er den anderen immer noch als heimlicher Führer galt. Das empfand er als Ehre, aber auch als Verpflichtung. Er half, wo er konnte. Schließlich ging es um seine große Familie, welche die in der Heimat zunehmend ersetzte.

Das Jahr 1956 brachte einen schlimmen Einschnitt. Der Libanon lebte in politischen Spannungen mit Ägypten und seinen arabischen Verbündeten. Der christliche Staatspräsident Camille Chamoun hatte, prowestlich orientiert, die diplomatischen Beziehungen zu den Westmächten nicht abgebrochen, als diese während der Suezkrise Ägypten angegriffen hatten.

Der ägyptische Präsident Gamal Abdel Nasser sowie die arabischen Nationalisten der anderen Anrainerstaaten beschädigten mit Strafaktionen das Land, wo immer sie konnten. Das brachte den wirtschaftlichen Aufschwung ins Stocken und traf insbesondere die Ärmsten der Armen, auch die Mhallami.

1958 brach das konfessionelle Machtgleichgewicht der beiden Bevölkerungsgruppen völlig zusammen. Die Opposition warf Camille Chamoun

Wahlmanipulation und die Zerstörung des Nationalpakts vor, in dem der Proporz der Konfessionen festgelegt war.

Ein kurzer, aber heftiger Bürgerkrieg brach aus. Sunnitisch-muslimische Gruppen und Drusen wollten sich der panarabischen Bewegung des ägyptischen Präsidenten anschließen, die wenige Monate zuvor den Zusammenschluss von Ägypten und Syrien gebracht hatte. Chamoun sah nur noch die Möglichkeit, die Vereinigten Staaten um Hilfe zu bitten, um das zu verhindern.

Der amerikanische Präsident Dwight D. Eisenhower griff am 15. Juli 1958 ein. Amerikanische Truppen engagierten sich nicht in den Gefechten, sondern besetzten strategisch wichtige Punkte. Danach suchten die Amerikaner hinter den Kulissen einen friedlichen Lösungsweg. Eisenhower stellte dafür seinen persönlichen Berater und Diplomaten Robert D. Murphy ab.

Man brauchte ein nationales Aussöhnungskabinett. Dessen Bildung fiel Camille Chamoun zum Opfer. Er wurde vom Oberbefehlshaber der libanesischen Armee, General Fuad Schihab, abgelöst. Der hatte während der Kriegswirren mit seinen Truppen die Neutralität gewahrt und genoss gleichermaßen Ansehen bei Muslimen und Christen.

Eisenhower konnte dem Wechsel ganzen Herzens zustimmen. Er hatte im Zweiten Weltkrieg mit Schihab Seite an Seite in Nordafrika und Sizilien gekämpft. Schihab gelang es, bis zum Jahresende den Bürgerkrieg zu beenden und den Libanon für mehr als ein halbes Jahrzehnt in eine Periode des Friedens und Wohlstands zu führen.

Die neue Zeit wies Männern wie Bassam Aziz und seinen Chefs lukrative Betätigungsfelder auf. Im Frieden wuchs die Gier der Landsleute nach einem fahrbaren Untersatz. Der Blick ging wie von selbst in die Autoländer Europas. Speziell Deutschland kam in den Fokus. Der Import von Gebrauchtwagen erschien die günstigste Möglichkeit, den wachsenden Bedarf zu befriedigen. ...

68

Aziz plante Tarek und Nidal als Helfer mit ein. Sie sollten zu den tausenden Autohändlern gehören, die Deutschland in der nächsten Zeit überfluteten. Ihr Aufenthalt in der Bundesrepublik wurde kostensparend jeweils nur für kurze Zeit angesetzt.

Aziz beschaffte ihnen Touristenvisa, und sie machten sich nach Hamburg, Bremen und Essen auf den Weg. Hamburg war der Exporthafen für die Autos, Bremen und Essen galten als die größten Gebrauchtwagen-Handelsplätze.

Die frischgebackenen Händler wurden dazu angehalten, ihre Geschäfte möglichst mit den Wagenbesitzern selbst abzuschließen. Die Käufe sollten nur in bar erfolgen. Dafür wurden aus Beirut die erforderlichen Gelder bei deutschen Banken hinterlegt. Bald fanden deutsche Autobesitzer Verkaufsaufforderungen hinter ihren Scheibenwischern:

»Uns gefällt Ihr Auto!« (einschließlich Kontaktadresse), »Sofort Bargeld & sofort Abmeldung« (mit Visitenkarte).

Das Geschäftsmodell funktionierte. Die beiden Freunde kauften innerhalb einer Woche jeweils bis zu 30 Autos. Sie arrangierten den Schiffstransport, der anfänglich um die 240 $ kostete. Der Preis stieg später mit der Nachfrage bis über 740 $. Bei Tarek und Nidal gingen mit jedem gekauften Wagen 150 $ in die eigene Tasche. Zum ersten Mal sprudelte auch für sie der Geldregen.

Das was sie von Deutschland zu sehen bekamen, erschien ihnen wie ein Traum. Sie konnten sich vorstellen, hier einmal auf Dauer zu landen. …

Hoffnung und Desillusion in den sechziger Jahren

Der sunnitische Premierminister ermunterte unter anderem auch die Mhallami im Libanon, Einbürgerungsanträge zu stellen. Tarek fiel es schwer, bis zum nächsten Zusammentreffen zu warten, um seine Clanmitglieder dazu anzuhalten. Für die Familie von Nidal war die Möglichkeit von besonderem Wert. Ramiye hatte sich als genauso fruchtbar erwiesen wie Alia und 1963 ein gesundes Mädchen auf die Welt gebracht. Sie nannten es Rana. Rana sollte nun offiziell eingebürgert werden!

Die meisten Mitglieder der Al-Rashdiye-Familie nahmen die Möglichkeit wahr. Leider kam schnell die Ernüchterung:
Die Christen schoben der sofortigen Einbürgerung einen Riegel vor. Ihre Scheu vor weiteren muslimischen Mitbürgern im Land war groß. Die aktuelle Aufteilung der Religion zeigte schon ein Übergewicht der Muslime.

Der Innenminister, ein Druse, gestattete letztendlich den Mhallami nur Ausweise mit dem Vermerk: »ungeklärte Staatsangehörigkeit«.
Nach dem libanesischen Gesetz konnte das die Einbürgerung von Rana allerdings nicht verhindern. Im Libanon geboren, hatte sie Anspruch, Libanesin zu werden!

Um ansonsten die Einbürgerung zu verhindern, setzten die Christen durch, dass in den Papieren der Vermerk zur Staatsangehörigkeit in »à l'étude« – auf Deutsch »in Bearbeitung« – umgeändert wurde. Solche Vermerke hielten sie bis 1994 aufrecht. Damit blieb die Zugehörigkeit der Immigranten offen.
Es blieb also dabei: Überleben durch Schwarzarbeit, kein Zugang zum staatlichen Bildungs- und Gesundheitssystem, Immigranten konnten im Land, behördlich verbindlich kein Eigentum erwerben. ...

Tarek und Nidal hatten schon mehrfach darüber nachgedacht, aus ihren Ersparnissen gemeinsam eine Wohnung zu erwerben. Das war bis dato nur möglich gewesen, wenn ein Libanese das Geschäft für sie treuhänderisch abschloss. Sie hatten dabei an Bassam Aziz gedacht. An seiner Lauterkeit hatten sie keinen Zweifel. Letztlich hatten sie trotzdem davor Abstand genommen.

70

Sie konnten sich nicht vorstellen, welche Wege die Regierung sich einfallen lassen könnte, um ihnen solch indirektes Eigentum wieder abzunehmen. Sie fürchteten den damit verbundenen Vermögensverlust und blieben in ihrer Mietwohnung.

Die beiden Männer zeigten sich über die neuen Restriktionen sehr verbittert. Immer öfter dachten sie über Abhilfen nach. Immer öfter kam ihnen dabei das gelobte Land Deutschland in den Sinn. ...

1964 verhinderten die Politiker Pierre Gemayel und Kamal Dschumblatt die Wiederwahl von Ministerpräsident Schihab. Sie hegten die Befürchtung, der würde ihre bewaffneten Gruppierungen entwaffnen. Sie beharrten auf ihrer militärischen Macht.

Pierre Gemayel war im Jahre 1960 erstmals in das libanesische Parlament gewählt worden und hatte mehrere Ministerposten inne. Kamal Dschumblatt wurde ebenfalls über Jahre Parlamentarier sowie Minister. Die politische Stabilität im Land ging nach der Abwahl von Schihab zu Ende.

Einen dramatischen Einfluss auf das libanesische Wirtschaftsleben hatte zudem der Konkurs der Intra-Bank. Sie hielt immerhin 15 % der gesamten Bankeinlagen des Landes und 38 % der Einlagen anderer Banken. Die dubiose Geschäftspolitik des Bankengründers Yousef Beidas verursachte den Ruin der Bank.

Er war einst aus Israel geflohen und hatte heimlich immer Sympathien zur Fatah gehegt, die Israel vernichten wollte. Auch gewährte er, ebenfalls heimlich, dem ägyptischen Ministerpräsidenten einen 320-Millionen-DM-Kredit, damit der mit Raketen gegen Israel aufzurüsten konnte.

Die Geheimhaltung war notwendig, denn Beidas wollte das saudische und kuwaitische Herrscherhaus als Großkunde nicht verärgern. Als der saudische König Faisal doch von der Kreditvergabe an Nasser erfuhr, blies er zum Gegenangriff. Die beiden Länder zogen binnen Wochenfrist 130 Millionen DM ab. Gleichzeitig reichten die französische Versicherungsgesellschaft Veritas und die Beiruter Filiale der Moscow Narodny Bank Barschecks über 40 Millionen Mark ein. Trotz eines Sonderkredits der Zentralbank trat ein Liquiditätsengpass ein. Weitere Anleger zogen panikartig ihre Gelder ab. Am 14. Oktober 1966 musste die Bank Zahlungsunfähigkeit erklären. Nur mit dreitägigen Bankfeiertagen konnte das libanesische Kabinett einen Run auf die anderen Bankhäuser verhindern.

Die Zeichen standen in der Folgezeit sogar auf Krieg. Die ägyptische Sperrung der Straße von Tiran für die israelische Schifffahrt führte im Juni 1967 zum Sechstagekrieg oder Junikrieg zwischen Israel und den arabischen Staaten Ägypten, Jordanien und Syrien. Der Blitzkrieg endete nach einem Präventivschlag israelischer Luftstreitkräfte gegen ägyptische Luftwaffenbasen mit einem überraschenden Sieg Israels.

Tarek war sofort klar, dass die schlimme wirtschaftliche Lage im Land und die politische Unsicherheit im Umfeld kleine Leute wie sie besonders hart treffen würden. Er sah für seine Familie kein Zeichen der Hoffnung mehr und beschäftigte sich nun ausgiebig mit den Möglichkeiten, nach Deutschland auszureisen. Dieses Land war ihm als Land der Hoffnung in bester Erinnerung. ...

Er beschäftigte sich für die Menschen in seiner Al-Rashdiye-Familie mit den Möglichkeiten einer legalen Ausreise und erkannte schnell, dass sich Ausreisewilligen schon länger ein Lösungsweg bot: Palästinensische Studenten hatten als Erste dieses Schlupfloch entdeckt.

Als die DDR im Zuge der Unruhen im Nahen Osten ein Bündnis mit der PLO einging, waren palästinensische Studenten problemlos in das »zweite« Deutschland eingereist. Sie benötigten nur ein Flugticket der ostdeutschen Airline Interflug: Beirut–Berlin Tempelhof. – Es kostete lediglich 300 DM.
    Wer von dort aus weiter in den Westen wollte, konnte schon am Flughafen für 5 Mark Ost ein Transitvisum kaufen.
    Die DDR war hierbei gerne behilflich. Sie verdiente schon an den Flü-

72

gen, denn Interflug war eine staatliche Gesellschaft. Die Transitvisa und weiteres umzutauschendes Geld boten zusätzliche Einnahmequellen für das wirtschaftlich schwächelnde Land.

Für einen geringen Obolus brachte ein Bus dann die Gäste zum Bahnhof Friedrichstraße. Von dort ging die Reise problemlos mit der S-Bahn in den Westteil der Stadt.

Die Stadt Berlin hatte nämlich für alle Sektoren immer noch den Sonderstatus, der 1945 im Potsdamer Abkommen festgeschrieben worden war. Danach unterlag die Verwaltung der Stadt allein den Alliierten. Die westdeutschen Behörden waren nicht befugt, Grenzkontrollen durchzuführen. Der Weg in den Westen stand also offen!

In der Bundesrepublik hatte das libanesische Reisedokument mit dem Titel »Laisser-passer« und dem Eintrag unter der Nationalität »à l'étude« – auf Deutsch »in Bearbeitung« – eine überraschende Wirkung: Die Einreisenden galten damit als staatenlos. Man rechnete sie der Sammelbezeichnung »De-facto-Flüchtlinge« zu. Sie hatten keinen Heimatstaat, in den sie zurückkehren konnten.

Wegen der Genfer Flüchtlingskonvention mussten sie in der Bundesrepublik auf Dauer geduldet werden. ...

Tarek hatte damit den Weg für sich und seine Familie gefunden. Beim nächsten Zusammentreffen wollte er ihn den anderen erklären und dafür werben, den ungastlichen Libanon zu verlassen. ...

Beim nächsten Treffen trug Tarek das Ergebnis seiner Recherche vor. Mit glühenden Worten schilderte er die verlockenden Verhältnisse in der Bundesrepublik, die er während seiner Tätigkeit als Autohändler kennengelernt hatte. Er beschrieb die beeindruckende Wirtschaftskraft, den Frieden im Land sowie die erlebte Zusammenarbeit von Menschen unterschiedlicher Länder. Er tat das guten Gewissens nach den Erfahrungen, die er in der Kürze seiner Aufenthalte gewonnen hatte.

Eines hob er besonders hervor: »Deutschland hat ein Herz für die Armen. Keiner muss darben. Der Staat gewährt allen eine Art Gehalt. Sie nennen es Sozialhilfe.«

Sein Bericht verfehlte die Wirkung nicht. Mehr als sechzig Mitglieder zeigten Bereitschaft, in einem fremden Land ein weiteres Mal das Glück zu suchen.

Bei diesem Andrang sah sich Tarek genötigt, etwas zurückzurudern. »Ich werde als Nächstes abklären, welche Möglichkeiten es gibt, die notwendigen Kontingente an Flugtickets zu erwerben. Wir können bestimmt nicht in einem Flieger starten. Macht ihr eure Papiere bereit, bringt das benötigte Reisegeld zusammen und überlegt, was mitzunehmen ist. Wir sollten nichts übereilen.«

In einigen Gesichtern machte sich Enttäuschung breit. Sie hatten einen schnellen Weg zum Besseren vor Augen gehabt. Doch bei der Mehrheit überwog die Besonnenheit. Sie wollten alles gründlich überdenken und sich ein eigenes Bild machen. So ging man ohne zeitlichen Zwang auseinander.

Ende 1968 trat ein Ereignis ein, das die reisewilligen Mitglieder der Al-Rashdiye-Familie die Ausreise aus dem Libanon endgültig angehen ließ: Eine palästinensische Guerilla-Operation wurde mit einem harten Luftangriff Israels auf den Flughafen Beirut bestraft. Dabei wurde ein Großteil der Flotte zerstört, welche die nationale Fluggesellschaft Middle East Airlines vorhielt.

Für viele von ihnen schien nun die letzte Möglichkeit gegeben, noch den Flughafen der Hauptstadt zu nutzen, um mit einem Interflug nach Deutschland zu gelangen.

Firat war inzwischen 20 Jahre alt, Rana schon fünf! Firat hatte, insbesondere dank der Hilfe seiner Eltern, wenigstens deren Bildungsstand erlangt. Bei Rana war, ohne Änderung des Umfelds, ebenfalls nicht mehr zu erwarten. ...

Buch 3

Ein Migrantenleben in Deutschland

1968
Ankunft und Aufnahme der Al-Rashdiye-Familie in der Bundesrepublik Deutschland

Immerhin brachten 35 Familien des Al-Rashdiye-Clans die erforderlichen Unterlagen für den Flug nach Deutschland zusammen. Mit Firats Hilfe beschaffte Tarek die Flugtickets. Der Abflug sollte bereits in drei Tagen morgens um 9:00 Uhr erfolgen.

Seit dies feststand, quälten Tarek düstere Gedanken. Einundzwanzig Jahre führte er zusammen mit Alia nun schon ein Emigrantendasein.

Wie groß waren ihre Hoffnungen gewesen, es nach der Auswanderung aus der Türkei besser anzutreffen als zuhause in Rashdiye.

Ihre Hoffnung war nicht erfüllt worden. Sie hatten ihre Liebsten verloren und konnten nicht zurück zu ihnen. Die Türkei hatte sie ausgestoßen. Sie kämpften stattdessen im Libanon mit dem gleichen Misserfolg wie Sisyphus um ein menschenwürdiges Leben. Ob das nun wirklich in Deutschland erreichbar war? Er hatte einen Großteil seiner Al-Rashdiye-Familie für einen neuen Versuch begeistert und fühlte sich schon deswegen zum Erfolg verdammt.

Al-Rashdiye war seine Familie geworden, sie war alles, was er hatte. Familie war immer das Wichtigste in seinem Leben gewesen. So hatte man ihn erzogen. Die Familie hatte immer zusammengestanden. ...

Was kam nun in dem fremden Deutschland auf sie zu? Keiner außer Nidal wusste etwas über die Topografie der Bundesrepublik. Keiner hatte Sprachkenntnis. Ihr Bildungsstand lag weit unter dem Durchschnittswert der deutschen Bevölkerung.

Das Land war zudem christlich geprägt, und Christen waren im Libanon für sie stets Feinde gewesen. Wie würden sie mit den Christen in Deutschland auskommen, ohne ihre eigene Religion zu verleugnen?

76

Andere Muslime hatten die Mhallami als eine Art minderwertige Sekte angesehen. Wie würden Christen sich auf Dauer verhalten?

In seinem bisherigen Leben hatte Tarek erkannt, der Teufel saß im Detail: Für einen erfolgreichen Neustart mussten sie schnell Arbeit und Unterkunft finden, bevor ihre geringen Ersparnisse zur Neige gingen.

In Deutschland wie im Libanon hing alles von einer Staatsbürgerschaft ab, die sie eben nicht hatten. Ohne sie gehörte man schnell wieder zu den Underdogs. Er wusste aus eigener Erfahrung, wie belastend Arbeitslosigkeit und eine schlechte Wohnsituation waren. ...

Die Zahl aufkommender Befürchtungen nahm immer weiter zu. Diese Befürchtungen schwirrten in seinem Kopf herum. Hatte er mit einer erneuten Ausreise das Richtige geplant? Er wurde unsicher, ob dies zutraf, sah aber wieder mal keinen Weg mehr zurück.

Er fokussierte nun seine Gedanken auf die Stadt, in der sie ankommen würden. Berlin war, nach allem, was er gehört hatte, ein Moloch, größer noch als Beirut. Tarek hatte deshalb die Stadt Essen als bevorzugten Wohnort im Sinn. Die kannte er aus seiner Zeit als Autohändler. Sie war überschaubar gewesen.

Er kam zu dem Schluss, den Asylantrag nicht schon in Westberlin zu stellen, sondern erst in Essen. Mit dem Transitvisum für die DDR kamen sie auch dorthin. Es würde für die Durchquerung des Territoriums der DDR akzeptiert, hatte man ihm versichert. Wenn man danach an die westdeutsche Grenze kam, würde sich die westdeutsche Grenzbehörde einer Einreise in die Bundesrepublik ebenfalls nicht entgegenstellen. ...

Die Anreise verlief ohne Probleme. Während des Flugs kamen keine Turbulenzen auf, alles blieb ruhig. In der DDR wurden sie freundlich empfangen, und schon bald saßen sie im Bus zum Bahnhof Friedrichstraße. Von dort aus brachte sie die S-Bahn ohne Kontrolle zum Hauptbahnhof in Westberlin.

Tarek und Nidal traten selbstbewusst auf, doch alle anderen hielten sich scheu zurück. Sie brauchten ihre Anführer.

»Ich werde mich zunächst einmal um Abfahrtszeiten nach Essen kümmern«, erklärte Tarek.

»Ihr könnt solange hier warten.«

Ein großes I für Information verwies ihn auf den Auskunftsschalter. Die Frau hinter dem Tresen verstand sein gebrochenes Französisch und gab ihm eine ausgedruckte Liste von Abfahrtszeiten nach Essen mit. Tarek bedankte sich, trat zur Seite und begann sie zu studieren. Er entschied, dass ein Zug in zwei Stunden für sie der richtige war. Damit hatten sie nach dem Kauf der Fahrscheine noch Zeit, eine Kleinigkeit zu essen.

Er war an einem Schild der Bahnhofsmission vorbeigekommen. Die bot Menschen wie ihnen eine kostenlose, warme Mahlzeit an. Das wollte er wahrnehmen. Sie mussten ihr Geld zusammenhalten. Zunächst kaufte er aber für alle die Fahrscheine. Dann gingen sie zur Mission.

Es war Tarek unangenehm, mit einer so großen Gruppe nach Nahrung zu fragen, doch er wollte es versuchen. Er hatte sich umsonst Gedanken gemacht. Der Empfang war sehr freundlich. Sie bekamen alle einen Teller voll Erbsensuppe mit einem trockenen Brötchen dazu. Die Wurststücke waren bewusst weggelassen worden. Man hatte sie als Muslime erkannt, und die Würste bestanden aus Schweinefleisch. Sie durften sich auch noch ein Glas Wasser nehmen. …

Der Zug fuhr durch das Gebiet der DDR. Deren Beamte waren während der Kontrolle sehr freundlich. Die Transitvisa taten ihren Dienst. Nachdem sie den schmalen Streifen der DDR durchquert hatten, kam es auch an der Grenze zur Bundesrepublik nicht zu Problemen.

Gegen 20:00 Uhr erreichten sie Essen-Hauptbahnhof. Sie hatten Glück und trafen dort auf einen Mann, der sich als Landsmann erwies und ihnen den Weg zur Asyl-Meldestelle zeigte.

Die hatte um diese Zeit nur noch eine Notbesetzung. Nach einigen längeren Telefonaten konnte der Beamte für sie eine Übernachtungsmöglichkeit im städtischen Übergangsheim arrangieren. Wegen der formalen Aufnahme durch die Meldestelle vertröstete er sie auf den nächsten Tag. Sie sollten spätestens um 10:00 Uhr an gleicher Stelle vorsprechen. ...

Als sie sich am nächsten Morgen auf den Weg machten, hatte Tarek ein flaues Gefühl in der Magengegend. Wenn die Unterkunft im Übergangsheim ihr nächstes Zuhause würde, wäre das gegenüber Beirut keine Verbesserung für seine Familie. Da hatten sie immerhin eine kleine Wohnung für sich gehabt.

In der Meldestelle wurden die deutschen Beamten sichtlich unruhig, als sie die große Zahl der Antragsteller sahen. Zum Glück war keiner von denen der deutschen Sprache mächtig. Deshalb verstanden sie auch den Satz nicht, den ein Beamter zu seinen Kollegen sagte: »Schaut euch diese große Masse von dunklen, schwimmenden Ölaugen an. Was wollen die nur alle in unserer Stadt? Wir haben doch schon genug von ihnen und genug eigene Probleme.«

Hätten die Mhallami diesen Satz verstanden, wäre bestimmt ein Tohuwabohu ausgebrochen.

Tarek trat nach vorne und legte seine Papiere vor. Der Beamte war geschult und erkannte sofort die Situation. Es handelte sich um staatenlose Asylsuchende. Für sie stand eine Ablehnung ins Haus und danach eine dauerhafte Duldung im Land.

Ein Detailgespräch war aufgrund der Sprachbarriere nicht möglich. Der Mann vertröstete Tarek auf einen Dolmetscher, der herbeigeholt würde. Die Gruppe wurde in einen größeren Raum gebracht, in dem sie warten musste. Ihre Papiere wurden eingesammelt.

Es dauerte über eine Stunde, bis der Beamte mit dem Dolmetscher und den Papieren erschien. Für Tarek war es schon schwierig geworden, seine Leute ruhig zu halten. Der Raum roch nach Angst. Der Beamte setzte ein verhaltenes Lächeln auf und begann mit seinen Erläuterungen auf Deutsch. Der Dolmetscher übersetzte Wort für Wort:

»Wir haben Ihre Möglichkeiten überprüft, einen Asylantrag zu stellen. Ihre Papiere weisen allesamt den Status ›staatenlos‹ auf. Ein Antrag auf Asyl ist deshalb abzulehnen. Andererseits verlangt unser Gesetz in solchen Fällen einen Abschiebestopp für Sie. Sie werden einen permanenten Duldungsstatus erhalten und dürfen im Land bleiben.«

Er sah lächelnd über die Menschen, als hätte er gerade die himmlische Botschaft verkündet. Seine Zuhörer zeigten jedoch keinerlei Reaktion. Da ergriff Tarek das Wort, denn er wollte Einzelheiten wissen: »Was bedeutet das für uns, und zwar sofort und auf Dauer?«

Der Beamte musste die Antwort zuerst in seinem Kopf sortieren, dann kamen die Einzelheiten Schlag auf Schlag: »Mindestens bis das Verfahren formell entschieden ist, wie gerade von mir erklärt, werden Sie im Übergangsheim wohnen und dort auch verpflegt.

Mit Abschluss des Verfahrens wird Ihnen der Anspruch auf Sozialhilfe gewährt. Mit dem Duldungsstatus sind allerdings einige Auflagen verbunden, auf die ich Sie aufmerksam machen muss: Der Zugang zum Arbeitsmarkt bleibt Ihnen zunächst verwehrt. Eine Beschäftigung als Arbeitnehmer ist nur nach Antrag und Genehmigung durch die Ausländerbehörde möglich. Ihnen gehen alle anerkannten Asylanten und natürlich alle Deutschen, die sich auf die Stelle bewerben, vor. Ihr Status räumt Ihnen nur nachrangige Rechte ein. Auch aus berufsbezogener Qualifizierung sind Sie ausgeschlossen.«

Tarek ahnte, dass dies Schlimmes bedeutete. Er wollte noch mehr wissen: »Was ist mit der Ausbildung unserer Kinder?«

Die Antwort darauf traf ihn hart: »Ihre Familien müssen Sie in der Schule Ihres Einzugsbereichs anmelden. Denken Sie dabei an die gegebenen Sprachschwierigkeiten. Die Schulen können Sie bei fehlenden Plätzen in den Vorbereitungskursen und Eingliederungslehrgängen zurückweisen. Bedenken Sie bitte, Sie befinden sich in Deutschland nach unserem Recht, nicht an Ihrem gewöhnlichen Aufenthaltsort. Sie sind bei uns nur geduldet. Daraus erklären sich die Restriktionen.«

80

Das Beamtendeutsch war, auch in der Übersetzung, für viele der Mhallami nicht verständlich. Aber Tarek bohrte nach:

»Können wir Hilfe erwarten?«, fragte er.

»Es gibt staatliche Sprachkurse. Die Gebühren dafür müssen Sie aus dem Geld der Sozialhilfe aufbringen. Einige Sozialeinrichtungen der Wohlfahrt und Kirchen bieten kostenlose Möglichkeiten. Sie sind allerdings leider in der Regel nicht auf Menschen ausgerichtet, die schon seit vielen Jahren keine Schule mehr besucht haben.«

Nun trat eine beängstigende Stille ein. Allen war mittlerweile deutlich geworden, dass sie in Deutschland nicht willkommen waren. Verzweiflung kam auf.

Tarek war ernüchtert und stellte keine weiteren Fragen mehr. Die eingetretene Stille nutzte der Beamte, die Versammlung mit einem kurzen versöhnlichen Wort, was wie eine Lüge klang, zu beenden. Die unglücklichen Migranten fanden sich wieder auf der Straße.

Auf dem Weg zur Unterkunft schwirrten diverse Überlegungen in Tareks Kopf umher. Eine Duldung mit vielen Einschränkungen war keine Chance für einen Neubeginn. Deutschland war ein reiches Land. Warum konnte man sie an dem Wohlstand nicht teilnehmen lassen? Sie waren doch bereit, hart zu arbeiten. Wut kam in ihm auf. Seine Ehre war angekratzt. Er hatte seine Leute mit klaren Vorstellungen nach Deutschland geführt. Er konnte sie in dieser hoffnungslosen Situation nicht allein lassen. Wenn ihnen keine faire Chance geboten wurde, dann musste er sie auf anderem Wege suchen. Er wollte für sich und die Familie kämpfen, um in Würde zu leben.

Diese Absicht kündigte er an:

»Was man uns gesagt hat, ist niederschmetternd.

Wir können das nicht einfach hinnehmen und müssen nach Auswegen suchen. Ich fühle mich in meiner Ehre gekränkt, schließlich habe ich euch empfohlen, hierherzukommen. Ich muss mich zurückziehen und alles überdenken. Ihr habt Anrecht darauf, von mir einen besseren Weg zu erfahren. Macht euch dazu aber auch selbst Gedanken. Wir müssen bedacht vorgehen, damit wir nicht Schiffbruch erleiden. Eines kann ich euch jetzt schon sagen: Wir sind nur stark, wenn wir zusammenhalten. Wir dürfen uns nicht auseinanderdividieren lassen. Die Struktur unserer Gruppe muss alle Anfeindungen abfangen.

Wir werden jeden bestrafen, der sich bei der vermeintlich erstbesten Gelegenheit von uns abwendet. Abgrenzung nach außen und Zusammenhalt nach innen machen uns stark. Wir müssen uns mit Gleichgesinnten in anderen Städten vernetzen und Hiesige in unserer Mitte aufnehmen.›Querverbindungen‹ zum Beispiel nach Berlin, Hamburg Bremen, Hannover sowie innerhalb Essen, speziell auch in der Unterkunft.

Eine zweite Feststellung lasst mich treffen:

Dieses Land ist reich und kann uns ohne Weiteres etwas abgeben. Wenn es das mit fadenscheinigen Begründungen nicht freiwillig tut, müssen wir unseren Anteil auf andere Weise holen. Dazu kommt mir Sure 9,123 in den Sinn: *O, die ihr glaubt, kämpfet wider jene der Ungläubigen, die euch benachbart sind und lasst sie in euch Härte finden; und wisset, dass Allah mit den Gottesfürchtigen ist.*

Wir sind schließlich hierhergekommen, um sicherer und besser zu leben. Wir werden nur gute Nachbarn sein, wenn man uns gute Nachbarn ist.«

Alia und Firat waren an seiner Seite gegangen. Alias Hand war während der Ansprache in seine gerutscht und hatte sie zärtlich gedrückt. Sie war stolz auf ihren Mann, fürchtete sich aber über seine deutlich werdende Wesensänderung.

Er bestand nur noch aus Kampfeswillen. Wo waren seine Güte und Verständigkeit geblieben? Firat, von der Wut der Jugend beseelt, dachte noch viel stürmischer an Widerstand gegen diese unfreundliche Staatsgewalt als sein Vater. Er schwieg allerdings respektvoll.

82

Das Wetter war mild, man konnte ohne Weiteres draußen bleiben. Tarek fand eine Bank in der Nähe der Unterkunft, blieb dort allein zurück und begann seine Gedanken zu ordnen.

Deutschland signalisiert uns, dass wir unerwünscht sind. Trotz dieser unfreundlichen Ausgangslage will ich meine Freunde nicht bewegen, in den Libanon zurückzukehren. Da erwartete uns Krieg und Tod. Das erscheint mir noch schlimmer.

Wenn man uns an den Rand der Gesellschaft schieben will, müssen wir dort eine eigene Welt aufbauen. Das Rechtsverständnis dieses Staates will ich nicht anerkennen. Es schützt nicht alle Bürger, die in ihm leben. Wir werden uns nicht an die Regeln und Gesetze halten, die uns zum Nachteil gereichen. Wir werden die Probleme unter uns regeln. Probleme, die eigentlich der Staat regeln müsste. Ich scheue selbst vor illegalen Aktionen nicht zurück. Die verordnete Perspektivlosigkeit zwingt uns dazu. Der Koran gibt uns das Recht. Deshalb müssen wir kein Schuldbewusstsein haben, wenn wir Widerstand leisten. Wir werden uns wieder stärker an die traditionellen Werte unserer Familien erinnern. An den Respekt vor den Alten, Respekt vor Autoritäten in der Sippe, an unsere Religion und an die Scharia.

Sie bietet uns Beweise, dass **wir** das richtige Rechtsempfinden haben. Ohne Allah sind wir nichts, wir verlieren unser Anrecht aufs Leben und die Würde. Unsere Familie muss ständig wachsen, das bringt uns Gewicht. Wir brauchen mehr Kinder. Die müssen zum zentralen Bestandteil unserer Lebensplanung werden. Sie waren schon immer unsere wichtigste Altersabsicherung. Die Kinder müssen wiederum schnell heiraten. Die Männer müssen die richtigen Frauen wählen. Sie müssen aus unseren Familien stammen. Wir müssen die alten kulturellen Werte leben. Wir wollen am Reichtum dieses Landes partizipieren. Deutschland hat genug, auch noch für uns. Als Menschen in Not haben wir Anrecht darauf, genauso wie auf Anerkennung und Respekt. Wer nicht respektvoll mit uns umgeht, wird die Konsequenzen zu spüren bekommen. ...

Mit einem Mal hatte er das Gefühl, nicht mehr allein zu sein. Er schaute sich um und sah, dass Nidal neben ihm stand. Bestimmt war er schon einige Zeit dort und beobachtete ihn.

»Setz dich zu mir. Ich habe schon auf dich gewartet, ich brauche dich. Unsere Probleme sind zu groß, um sie nur auf den eigenen Schultern zu tragen.«

»Deshalb bin ich hier«, antwortete Nidal und erwies sich einmal wieder als Tareks bester Freund.

Dem tat es gut, ihm seine Überlegungen vorzutragen. Er erhoffte sich konstruktive Kritik und Verbesserungen.

Als sie nach gründlicher Diskussion in den wesentlichen Punkten zusammengefunden hatten, fragte Nidal: »Welche Aufgaben hast du für mich vorgesehen?«

Aus Tarek sprudelten seine Pläne heraus:

»Wir müssen diese Stadt für uns erkunden.

Können wir hier Freunde finden, Menschen, die in unsere Familie passen? Gibt es unter den Deutschen welche, die uns unterstützen? Die uns bei unseren Sprachproblemen helfen, Kontakt zu sozialen Einrichtungen herstellen und Ähnliches? Wir brauchen für unsere Kinder belastbare Kontakte zu Schulen. Wir müssen erfahren, was uns im Umgang mit der Ausländerbehörde erwartet. Wenn der Duldungsstatus ausgesprochen ist, müssen wir für die Wohnungssuche gewappnet sein. Wir sollten dann schon wissen, welche Möglichkeit es in Essen für uns gibt. Gibt es hier eine Moschee? Du siehst, es sind eine Menge Dinge zu klären. Dabei brauche ich dich. Such dir aus unserer Gruppe Mitstreiter aus, dann geht die Recherche schneller.« ...

Als sie sich trennten, umarmten sich die beiden Freunde. Es war für beide ein gutes Gefühl, in Notlagen nicht allein zu sein.

»*Salam Aleykum*«, sagte Tarek mit heiserer Stimme.

Dann ging er zu Alia und Firat aufs Zimmer. Bei der Härte, die er sich verordnet hatte, brauchte er im privaten Bereich ein wenig Zärtlichkeit.

84

»Du sollst jeden Tag mit einem Lächeln beginnen und jeden Tag mit einem Lächeln beenden«, flüsterte er Alia vor dem Einschlafen ins Ohr. Sich schwor er still, dafür alles zu tun. ...

Nach einer Woche lag ein brauchbares Ergebnis vor: In der Stadt gab es noch keine organisierte muslimische Gemeinde und auch keine Moschee. Die ersten Muslime, die heimisch geworden waren, kamen als Arbeitsmigranten aus der Türkei. Diese Zuwanderer waren hauptsächlich Männer gewesen und allein gekommen. Sie hatten die Absicht, irgendwann wieder nachhause zu ihren Familien zurückzukehren. Schon deshalb waren ihre religiösen Erfordernisse sehr dürftig ausgeprägt gewesen. Es reichte ihnen eine kleine Gebetsstätte.

(Das zu ändern, sollte noch der nächsten, größeren Migrantenwellen bedürfen. 1975 mit dem Beginn des Libanonkriegs und 2015, als der enorme Zustrom aus den muslimischen Konfliktländern, besonders Syrien, seinen Anfang nahm, gründeten sich dafür Organisationen und wurde der Bau von Moscheen erst in Angriff genommen.)

Die Hilfe der Muslime untereinander fand zurzeit ohne feste Struktur eher spontan und unkoordiniert statt. Man leistete sie, stellte das aber nicht heraus. Man verhielt sich nach der orientalischen Redensart: *Die eine Hand soll nicht sehen, was die andere tut.* ...

In der Unterkunft hatte Nidal eine besonders ergiebige Bekanntschaft gemacht. Der Türke Mustafa Özdemir, ein drahtiger Fünfzigjähriger, wartete auf das Ende seines Asylverfahrens. Er hatte mittlerweile viele Muslime in der Stadt kennengelernt, sprach gebrochen Deutsch und wusste Rat, wie man am besten bei den Behörden und Sozialeinrichtungen vorstellig wurde. Er konnte Nidal berichten, was nach Abschluss des Verfahrens auf die Familie zukam. Mustafa hatte Zeit genug, ihn sogar bei seinen Erkundungen zu begleiten.

Durch Mustafa lernte Nidal viele Glaubensbrüder im Ort kennen. Er betrachtete voll Interesse ihre Wohnverhältnisse. Dabei erwuchs in ihm ein Hoffnungsschimmer: Die Stadt hatte nach dem Niedergang des Bergbaus in den sechziger Jahren 200.000 Einwohner verloren. Ihr Stadtkern und besonders der außerhalb gelegene Stadtteil Altendorf wies im Leerstand viele heruntergekommene Gebäude auf, die selbst gern an mietwillige Personen mit ausländischen Namen vergeben wurden. Diese Erkenntnis war für die Neuankömmlinge Gold wert.

Mustafa hatte auch klare Worte für die Möglichkeit, in der Stadt einen Arbeitsplatz zu finden. »Essen plagt große Arbeitslosigkeit. Auf jede freie Stelle kommen zig Interessenten, die geduldeten Ausländern vorangehen. Es gibt wenig Arbeit, darum auch wenig Schwarzarbeit.«

Hier standen die al-Rashdiye also vor der Aufgabe, die Sozialhilfe mit irgendetwas anderem aufzufüllen, wenn sie ein besseres Leben wollten.

Mustafa hatte für sich eine Lösung gefunden. Sie war allerdings ungesetzlich. Er nannte sie: *als Unsichtbare mit fremden Papieren arbeiten.*

Von einem seiner Freunde in der Stadt, der eine Aufenthaltserlaubnis hatte, »mietete« man die für sich erforderlichen Papiere. Mit dessen Aufenthaltserlaubnis, Krankenkassenkarte und Sozialversicherungsnummer heuerte man bei einer Zeitarbeitsfirma an. Die vermittelte einen an den Subunternehmer einer Baufirma weiter. Das Foto auf den Papieren sah dem Arbeitssuchenden recht ähnlich. Für alle Beteiligten ergab sich eine Win-win-Situation.

Die Zeitarbeitsfirma erhielt auf diese Weise einen Beschäftigten zu günstigem Lohn. Der Arbeiter hatte dadurch die Möglichkeit, zusätzlich Geld zu verdienen. Einen Bruchteil davon gab er als Miete an seinen Freund weiter! Nidal erkannte sofort, dass sich dieses Verfahren auch für die Familienmitglieder anbot. ...

Das Thema *Identitätsbetrug* erregte ebenfalls sein Interesse: Zu dieser Zeit wurde beim Asylantragsverfahren noch keine erkennungs-

86

dienstliche Behandlung, wie das Erstellen eines Fotos oder die Abnahme von Fingerabdrücken, vorgenommen. Wenn Asylbewerber den Antrag ohne erforderliche Papiere stellten und behaupteten, sie besäßen keine, verstießen sie zwar gegen die Einreisebestimmungen. Das Asylrecht gewährte ihnen aber ein Schutzrecht, das Vorrang vor dem Grenzschutz hatte. Für die Zeit des Verfahrens erhielten sie deshalb eine Aufenthaltsgestattung und damit finanzielle Unterstützung nach Sozialhilfegesetz.

Gewiefte Migranten nahmen mit diesem Wissen in verschiedenen Orten Mehrfachregistrierungen vor und griffen so die gebotene Unterstützung zigmal ab.

Nidal erinnerte sich an Tareks Worte. »Das ungastliche Deutschland muss für uns Beuteland werden.«

Die beiden Möglichkeiten waren aus dieser Sicht vertretbare Wege, das reiche Land zu melken. ...

Tarek hatte, während er überlegte und plante, Essen selbst ein wenig erkundet. Er fand viele Hinweise von Nidal durch Augenscheinnahme bestätigt. Die Vorschläge für das künftige Verhalten der Gruppe fanden seine Billigung. Er wollte sie der Familie nahebringen.

Er dankte dem Freund für dessen fruchtbare Arbeit. Nun lag es an ihm, zu den Mitgliedern zu sprechen. Er wollte vorher noch Mustafa Özdemir kennenlernen und hoffte, durch dessen Vermittlung im Aufenthaltsraum eine »Informationsveranstaltung« durchführen zu dürfen.

Die beiden Männer waren sich direkt sympathisch. Mustafa erreichte, dass Tarek die Familie für den nächsten Morgen um 10:00 Uhr einladen konnte. Damit hatte der selbst noch genügend Zeit, Stichworte für seine Rede niederzuschreiben. Er musste überzeugen. ...

Die erwachsenen Mitglieder hatten sich vollzählig versammelt. Die Kinder waren unter der Aufsicht der Jugendlichen auf dem Vorhof geblieben.

Tarek hatte sogar ein Mikrofon. Er sprach mit ruhiger Stimme und griff alle Punkte auf, die er mit Nidal abgesprochen hatte.

Er machte klar, dass eine Rückkehr in den Libanon trotz der ungastlichen Aufnahme in Deutschland keine Alternative war. »Wir reisen nicht zurück in Krieg und Tod. Für uns gibt es im Libanon keine Würde«, schloss er diesen Punkt eindrücklich ab.

Er forderte die Anwesenden auf, die Gruppe zu stärken, und zwar durch Nachkommen und Aufnahme Gleichgesinnter in die Gemeinschaft. Er beschwor den Zusammenhalt und Respekt vor den Alten. Er verlangte eine tiefe Bindung zur Religion.

Er verwandte viele Worte auf Deutschland als Beuteland: »Dieses Land ist reich, will uns aber nichts abgeben. Egal welche Gesetze uns das verwehren wollen, die werden wir nicht beachten. Wir werden nach eigenen Gesetzen leben, insbesondere nach der Scharia. Wir dürfen das Unrecht der Deutschen mit allen Mitteln bekämpfen. Fürs Erste biete ich euch zwei Möglichkeiten an, die niedrige Unterstützung, die man uns gewährt aufzupolstern.«

Er schilderte daraufhin ausführlich die Möglichkeiten: als Unsichtbare mit fremden Papieren zu arbeiten sowie den Identitätsbetrug.

Ein aufgeregtes Raunen ging durch die Reihen seiner Brüder und Schwestern. Er ließ ihnen Zeit dafür. Eindringlich fuhr er dann fort: »Das Geld, das wir so verdienen, ist nicht allein zum Ausgeben bestimmt. Wir müssen eine Rücklage bilden, aus der Gemeinschaftsaufgaben und Investitionen finanziert werden können. Es wird einige Zeit dauern, bis dies überhaupt möglich sein wird. Deshalb gilt es zunächst, auf einiges zu verzichten.«

Beispielsweise nannte er den Kauf von Luxusgütern, teure Fortbildungskurse und Sprachkurse.

»Versucht Deutsch auf der Straße zu lernen. Nur ich als euer Anführer werde mich durch einen Kurs quälen, damit ich für euch überzeugend auftreten kann.«

Er schloss seine Rede mit dem Hinweis:
»Ich will keine Diskussion entfachen. Wir brauchen jetzt keine weiteren Worte, lasst Taten folgen. Ich werde mich weiter um unser Wohlergehen kümmern. Vertraut mir. Das ist für mich eine Frage der Ehre. Wenn ihr dafür irgendwelche Möglichkeiten seht, erwarte ich, Sie von euch zu erfahren.«

Tarek stellte das Mikrofon ab, nickte der Familie mit strengem Blick zu und verließ den Raum. Sein Aufruf sollte große Wirkung zeigen und seine Stellung als Clanführer festigen. ...

1976
Die Al-Rashdiye-Familie auf stetigem Weg ins Kriminelle

Tarek war mittlerweile einundfünfzig Jahre alt. Er saß in einem Sessel im Wohnzimmer ihrer Vierzimmerwohnung und machte Inventur über die Zeit des Aufenthalts in Deutschland. Er war nicht unzufrieden mit der Entwicklung. Vieles hatte sich zum Besseren gewendet. Die Zahl der Familienmitglieder hatte erheblich zugenommen und der Familie Gewicht verliehen. Mittlerweile waren in Deutschland viele kleine Mhallami auf die Welt gekommen. Ältere aus Essen und den umliegenden Ortschaften, besonders aus Dortmund und Oberhausen, hatten sich ihnen angeschlossen. Das war seiner erfolgreichen Organisationsform zu verdanken. Seine Brüder und Schwestern waren mit ihnen in Kontakt gekommen, wenn sie in anderen Städten Meldebetrug ausgeübt und damit zusätzliches Geld in die Familienkasse gebracht hatten.

Den größten Schub brachte jedoch der Libanon-Krieg mit sich: Am 13. April 1975 hatten Falange-Milizionäre einen Bus überfallen und siebzehn Palästinenser getötet. Diese Mordtat wurde zur Initialzündung für einen blutigen Krieg zwischen Christen und Moslems.

Eine nationale Bewegung aus muslimischen, palästinensischen und linken Kräften stand christlichen, vor allem maronitischen Gruppen unversöhnlich gegenüber. Es ging um die Dominanz der Religionen im Land. Der vereinbarte Proporz zwischen Christen und Moslems hatte sich zu deren Ungunsten verschoben. Die Mhallami schlossen sich ihres Glaubens wegen der muslimischen Seite an. Es sah zunächst aus, als läge das Kriegsglück auf der Seite der Moslems. Im Mai 1976 wendete sich aber das Blatt.

Syrien griff in den Kampf ein und verhinderte die Niederlage der Christen. Es trat mit dem Anspruch auf, den Frieden im Libanon wiederherzustellen. Nach längerem Zögern erhielt es das Mandat der Arabischen Liga und die Zustimmung der USA für die Intervention. ...

Die Mhallami bekamen ihre Parteinahme bitter zu spüren. Ihre Lager im Armengürtel Beiruts wurden zerstört, und viele von ihnen wurden massakriert.

Einige suchten vorher die Flucht nach Deutschland. Die meisten nahmen den bewährten Weg über Ostberlin. Dieses Loch im Grenzschutz der Bundesrepublik bestand immer noch.

Im Westen angelangt, folgte eine größere Anzahl von ihnen dem Gerücht, in Essen fände man eine passable, neue Heimat. Also reisten sie dorthin weiter. Sie wurden mit Kusshand aufgenommen, denn sie brachten aktuelle Kriegserfahrung mit. Für die Verteidigung des Clan-Territoriums waren sie besonders wertvoll und geeignet.

Der erstarkten Familie stand inzwischen ein Triumvirat vor. Zu Tarek und Nidal war Firat hinzugekommen. Er war nun siebenundzwanzig Jahre alt und hatte von seinem Vater viel gelernt. Er war mutig und mit dem gesunden Pragmatismus seiner Mutter Alia ausgestattet sowie dem ausge-

90

prägten Selbstvertrauen seines Vaters. Die drei Männer führten den Clan selbstbewusst mit fester Hand. Man zollte ihnen Respekt und Gehorsam.

Tarek ließ die Zeit in Essen vor seinem inneren Auge vorüberziehen: Drei Monate nach Beginn ihres Asylverfahrens hatte er wie alle, die mit ihm kamen, die Aufenthaltsgestattung erhalten.

Die Zeit der Wohnpflicht in der Sammelunterkunft war vorbei. Sie konnten sich endlich nach Wohnungen umsehen. Neben Sozialhilfeleistungen erhielten sie dafür zusätzlich einen Mietzuschuss. Mit ihren ungesetzlichen Einkünften aus Sozialbetrug war es ihnen möglich, sich in die leerstehenden Häuser der Innenstadt einzumieten und gleichzeitig für künftige Vorhaben einen Geldbetrag anzusparen. Ihre Führer erreichten, dass die Familie in einem Wohnblock zusammenblieb. Sie wollten nun eine merkliche Rolle im Essener Tagesgeschehen spielen. ...

Es gelang ihnen.

Bald schon sagte ein junger Polizist auf Streifenfahrt durch die Innenstadt zu seinem Kollegen: »Hier ist nicht mehr viel deutsch.«

Die al-Rashdiye bekamen mit, dass um die heruntergekommenen Häuser ihres Umfelds die Kriminalität blühte. Viele Nachbarn klagten über Schutzgelderpressungen und machten Bosnier und Albaner, die auch zugezogen waren, dafür verantwortlich.

Die Anführer des Clans waren sich einig, dass dies nicht hingenommen werden durfte. Sie beschlossen, eine Duftmarke ihrer neugewonnenen Macht zu setzen.

Ein Kriegsplan wurde ausgearbeitet: »Wir haben genügend kräftige junge Männer und können eine schlagkräftige Truppe aufstellen«, meinte Firat.

»Sie sollten aber so lange wie möglich keine Schusswaffen gebrauchen«, warf Nidal ein. Er fürchtete eine Eskalation der Gewalt.

»Ich bin bei dir. Fürs Erste dürften Hieb-, Stich- und Schlagwaffen reichen. Wir müssen sowieso zunächst erkunden, wie wir die Kerle am besten schwächen können.«

Auf Tarek Einwurf hatte Firat eine schnelle Antwort:
»Da kann ich euch Auskunft geben. Sie haben ein Stammlokal in der
Nähe des Bahnhofs.« ...

Schon nach drei Wochen war der Clan für eine Machtdemonstration vorbereitet. In der Nacht auf Sonntag drangen fünfzehn muskelbepackte al-
Rashdiye gut bewaffnet in das Stammlokal der Osteuropäer und schlugen
sie ohne Ankündigung zusammen. Erst als ihre Gegner alle am Boden
lagen, drohten sie ihnen, damit fortzufahren, wenn sie von der Schutz-
gelderpressung nicht abließen.

Die Clanleute verschwanden so abrupt, wie sie gekommen waren.
Von Passanten herbeigerufene Polizisten nahmen die Untersuchung
auf, doch sie trafen auf eine Wand ängstlichen Schweigens. Weder der
Wirt noch die Verletzten konnten angeblich die Täter beschreiben. Die
jungen Mhallami hatten im Übrigen keine Angst, überführt zu werden.
Hinter ihnen stand schließlich die Familie als Schutzschild. Blutsbande
waren stark! Alle Mitglieder würden sich bedenkenlos gegenseitig Alibis
geben. ...

Diese Aktion musste dreimal wiederholt werden, bevor sie fruchtete. Die
Osteuropäer hatten nicht vergleichbar viele Kämpfer und gaben schließlich auf.

Fürs Erste unterblieben weitere Schutzgelderpressungen. Bei den An-
wohnern sprach sich herum, wem sie das zu verdanken hatten. Mit einmal
brachte man den Mhallami sogar Sympathie entgegen. Die übernahmen
deshalb ohne Kritik ihrer Nachbarn auch scheinbar legale Geschäfte: Au-
tohandel, Sicherheitsdienstleistungen, Schlüsseldienst, Geldeintreiben,
Sportwetten. Sie verfolgten damit das Ziel, diese Geschäfte als Tarnung
und Unterstützung für weitere kriminelle Vorhaben zu nutzen.

Der Clan befasste sich in der Zwischenzeit auch mit der Übernahme der
Infrastruktur des Viertels. Man wollte in einer eigenen, sicheren Welt
leben. Familienmitglieder führten nun eine Fleischerei, ein Gemüsege-

schäft, einen Barbershop und schließlich auch eine Shishabar. Sie wurde wesentlich finanziert aus dem Verkauf von unverzolltem Tabak. Daneben handelte man mit Diebesgut oder bot dafür den Verhandlungsraum in einem Hinterzimmer gegen Provision an.

Wenn sich ein Deutscher aus Neugier in die Bar verirrte, wurde er nach muslimischer Art freundlich aufgenommen. »Wir haben für unsere muslimischen Brüder geschächtetes Fleisch, also halal (rein) und für euch bestes Schweinefleisch auf der Karte. Wir wissen, dass ihr das liebt«, bekam der Überraschungsgast zu hören, wenn etwas aufgetischt wurde. »Wir sind ganz normale Leute. So Leute wie ihr, Sahbi (mein Freund)!«

Nun musste man das Fleisch nicht mehr beim türkischen Metzger kaufen und auch der türkische Gemüsehändler war für die al-Rashdiye entbehrlich. ...

Die Shishabar und der Barbershop wurden die Informationszentralen des Clans. Der war inzwischen zu groß und unbeweglich geworden, um, ohne zusätzliche Organisation, für Ankündigungen und Aktionen zusammengerufen zu werden. Firat arbeitete eine Stafette von Informanten aus, die künftig eine schnellere Information übernehmen sollte. Eine Meldung nahm immer ihren Anfang aus der Bar oder dem Shop. Die Methode funktionierte rasch und reibungslos.

Für den Bau einer Moschee erschien Tarek, Nidal und Firat die Zeit noch nicht reif. Sie begnügten sich fürs Erste mit einer Gebetsstätte, die im Parterre eines der leerstehenden Mietshäuser eingerichtet wurde. Die Mitglieder nahmen sie gut an. Bald musste das Freitagsgebet wegen des großen Andrangs in zwei Schichten abgehalten werden. Die Religiosität erwies sich neben der Blutsbande und dem ausgeprägten Ehrempfinden als wichtiges Bindeglied.

Die Bosnier und Albaner brauchten neue Einkommensquellen. Sie verlegten sich nach einiger Zeit vermehrt auf Diebstahl und Einbruch. Solche Vorfälle häuften sich in den Vierteln:

In einer bahnhofsnahen Boutique wurden fünfundzwanzig Braut- und Abendkleider entwendet sowie eine große Menge Modeschmuck. Die Eigentümerin bezifferte den Schaden auf über 10.000 DM.

In einer Nacht überfielen Albaner ein Eiscafé.

Für den raschen Zugang zerschlugen sie die große Fensterscheibe.

Ein Minderjähriger stieg ein und reichte seinem draußen gebliebenen Komplizen über fünfzig Flaschen alkoholische Getränke hinaus sowie hochwertige Dekorationsgegenstände.

Der Mann fuhr sofort mit dem Diebesgut in seinem Wagen davon. Die Nummernschilder, die eine Überwachungskamera aufzeichnete, waren als gestohlen gemeldet. Er konnte nicht identifiziert werden.

Aufmerksame Passanten hatten die Aktion zwar bemerkt und waren zur nächsten Telefonzelle gelaufen, um die Polizei herbeizurufen. Die war aber nur so schnell vor Ort, dass der jugendliche Einbrecher aus dem Eiscafé nicht mehr entfliehen konnte. Er verbarg sich stattdessen unter einer Zwischendecke über der Theke. Dort fanden ihn die Beamten nach gründlicher Durchsuchung der Räumlichkeiten. Sie nahmen ihn nach einem kurzen Gerangel mit auf die Wache. Das Verbrechen konnte dadurch wenigstens der osteuropäischen Bande zugeordnet werden. Der gefasste Einbrecher war allerdings unter vierzehn Jahre alt und wurde schnell wieder freigelassen. Er war strafunmündig.

Das Diebesgut und der geflohene Haupttäter blieben verschwunden.

Das Thema Strafunmündigkeit wurde in der nächsten Zeit in der Tageszeitung öfters strapaziert und beklagt. Die Anführer der al-Rashdiye nahmen das Wissen darum gern in ihren Erfahrungsschatz auf. Sie hatten ebenfalls viele junge Mitglieder, die solch unverhofften Schutz genießen konnten. ...

94

Auch eine Sparkassenfiliale blieb nicht verschont. In ihr wurde eine albanische Putzfrau beschäftigt. Die konnte ihren Landsleuten einige Einzelheiten zum Alarmsystem beschaffen und einen genauen Lageplan der Kassenräume liefern. Ziel der Bande war der Geldautomat in der Vorhalle. Sie wollten ihn aufsprengen und das Geld entnehmen. Ihr mangelndes Fachwissen und die Qualität der Sicherheitstechnik verhinderten jedoch den Erfolg. Die Kriminellen flohen erst, als sie die Sirenen der herannahenden Polizeiautos schon hören konnten. Sie hinterließen einen erheblichen Sachschaden, wurden aber nicht gefasst. ...

Bald kippte die Stimmung in der Innenstadt. Den Clanleuten schlug auf einmal eine gewisse Feindseligkeit entgegen. Vielen Ladenbesitzern erschien das Zahlen von Schutzgeld auf einmal günstiger, als das Risiko bei einem Einbruch oder Raub alles zu verlieren.

Die Anführer des Clans erkannten die Zeichen der Zeit. Die Reichen beschäftigten schließlich auch Wachdienste, um ihr Vermögen zu beschützen. Sie suchten nach einer ähnlichen Lösung des Problems. Als Problemlösung boten sie ihre Leute offiziell als Wachdienst an. Natürlich gegen Entgelt. Es war eine geniale Idee, das kriminelle Schutzgeld durch eine legale Dienstleistung zu ersetzen. ...

Wenn ein Geschäftsinhaber den Schutz nicht wollte, wurde Überzeugungsarbeit geleistet. Das hörte sich auch im holprigen Araber-Deutsch sehr deutlich an:
»Das ist Security, Sicherheit, wir sorgen für deine Sicherheit, weißt du, was ich meine? Es ist nötig in Essen, weil sonst kommen die Haie, das ist ein Haifischbecken hier. Ja, und du bist nur eine kleine Kaulquappe!«
Diese verbale Drohkulisse reichte meistens schon. Nur selten wurden Tätlichkeiten wie Körperverletzung notwendig. Dass es dazu kommen konnte, stand den Betroffenen nämlich aus Beispielsfällen drohend vor Augen.

Für die Familie wurden diese neue Pfründe sehr bedeutsam. Das Kontrollnetz der Behörden bei den Meldeverfahren und gegen Schwarzarbeit wurde nämlich immer enger und die Tätigkeit der Familienmitglieder in diesen Bereichen immer gefährlicher. Legale Arbeitsverhältnisse, wie im Sicherheitsdienst, waren als Ersatz ein Geschenk Allahs. Zum Sozialbetrug zwangen sie nun Flüchtlinge, die ohne Chance auf Asyl oder Duldung in der Schattenwelt untergetaucht waren und für sie nun die Drecksarbeit verrichteten.

Skrupellos kassierten sie den überwiegenden Teil der ungesetzlichen Leistungen ab und scherten sich nicht darum, wenn diese Menschen, die sie respektlos Ameisen nannten, erwischt wurden. Zu lange waren sie selbst unterdrückt und geduckt worden. In solchen Situationen zeigten sich nun die Abgründe einer verletzten Seele. ...

Aufkommende Bedenken fordern Vorsorge und Kurskorrekturen

Die kommende Nacht fand Tarek keinen Schlaf. Alia hingegen schlief neben ihm fest wie ein Stein. Er wälzte sich in seinem Bett umher und starrte auf die Schatten an der Decke, die der Spalt im Vorhang mit dem Licht der Laterne vor der Haustür verursachte. Die Schatten wanderten, denn der Store bewegte sich im Wind, der durch den Spalt des Fensters schwach hereinwehte.

Tarek fiel in düstere Gedanken. Die jungen al-Rashdiye bereiteten ihm Sorgen. Sein Instinkt sagte ihm, sie würden für den Clan zunehmend eine Gefahr. Allah musste sie nicht strafen, sie waren kurz davor, es selbst zu tun.

Es beschlichen ihn Schuldgefühle. Er war mit den anempfohlenen Untaten verantwortlich dafür, wie die jungen Mitglieder heute zu Werke

96

gingen. Er zögerte bei diesem Gedankengang: Neben den begründeten Befürchtungen existierte nämlich in ihm auch ein gerütteltes Maß an Stolz. Zwei Herzen schlugen in seiner Brust. Er war auf das gewachsene Selbstbewusstsein der Youngster, ihren Mut und ihren Erfolg ziemlich stolz. Sie praktizierten schließlich, was er von ihnen eingefordert hatte: Sie sahen Deutschland als Beuteland!

Mit ihren Streifzügen hatten sie für die Familie eine gute wirtschaftliche Grundlage geschaffen. Das Recht beurteilten sie nach den Maßstäben des Islams. Sie lehnten das Recht ihres Gastlandes ab. Die deutschen Behörden verachteten sie. Deren Verhalten fanden sie schwach und unverständlich. Alles zusammen führte bei Tarek trotzdem zu einem schlimmen Bauchgefühl:

Der Krug ging nur so lange zum Brunnen, bis er brach.

Auch Geduld und Nachsicht einer schwachen Behörde durfte man nicht überstrapazieren. ...

Die Jungen waren auf der Straße groß geworden. Ihre Bildung bestand zum größten Teil aus Einbildung. Ihr Deutsch war Straßenkauderwelsch. Als Tarek dies dachte, hörte er Sätze aus ihrem verqueren Wortschatz in seinen Ohren aufklingen:

Ein Vierzehnjähriger gab an wie eine Tüte Mücken:

»Ich fahr bald einen ›Benzer‹, (einen Mercedes), du weißt, was ich meine?«

Das Mindestalter für eine Fahrerlaubnis betrug allerdings achtzehn Jahre!

»Sagen wir mal so, jetzt rede ich nicht von meiner Familie, sondern von jemand anderes, wo ich gesehen habe. Ja? Zum Beispiel wenn jemand verraten wird von einem anderen Typen. Die werden ihn halt wehtun.« ...

»Ja, so, wenn Leute kommen aus woanders. Die wollen uns provozieren. Dann können wir auf jeden Fall auch anders, ne?«

»*Hat sich mal so ergeben. Haben sich zwei junge Männer unterhalten, zwei Cousins, habt ihr nicht Lust hier und da und da hab ich denen gesagt, Jungs, ganz ehrlich, da bin ich dabei.*«

Auch untereinander benutzten sie einen ungepflegten Slang:
- *Bi sharafak*, ist das dein Ernst, Kerl?
- *Kol Hawa* bedeutet im Grunde genommen Scheiße essen und stand für Halt den Mund.

Manchmal, wenn Tarek die Jungen überzeugen wollte, erwischte er sich dabei, in ihre Sprache zu verfallen, gestand er sich ein. Er sagte *Kawwaz*, wenn jemand mehrere Sekunden für eine Antwort brauchte. Das bedeutete: Du bist wohl geistig leer?

Siktir lan! »Schleich dich!«, kam ihm über die Lippen, wenn er jemanden in die Wüste schicken wollte. Mit »Is ja Hamma, Alder« lobte er die jungen Kraftprotze.

In den Straßen führte sich die junge Truppe mittlerweile immer dreister auf. Die meisten trugen ein Baumwollshirt wie eine Uniform, das auf der Brust ein goldenes M und den jeweiligen Nachnamen zeigte. Das M stand für ihre Herkunft, für *Mhallami*. Daraus machten sie keinen Hehl.

»Wenn sie einen von uns in diesem Hemd erwischen, sieht er mit seinen schwarzen Haaren, den dunklen Augen und dem gemeinsamen Hemd wie jeder andere von uns aus. Welcher Zeuge soll ihn da identifizieren?«

So konterten sie die Ermahnungen ihrer älteren Verwandten. Dieses M sollte einmal für die Polizei das Synonym für das Problem mit den Mhallami werden. ...

Gegenüber deutschen Mädchen führten sie sich als Sittenwächter auf. Wenn deren Kleidung in ihren Augen nicht schicklich war, der Rock zu kurz und das Dekolleté zu tief, beschimpften sie sie laut auf offener Straße.

Den religiösen Fanatikern genügte sogar, wenn die Haare offen, ohne Kopftuch, herumbaumelten. Der Hang zur öffentlichen Machtdemonstration war unersättlich.

Die über Achtzenjährigen fuhren inzwischen mit Autos durch die Straße. Sie stellten ihre Besitztümer gerne zur Schau.
Man zeigt und ist, was man hat! war ihre Parole.
Immer wieder kam es zu Krach mit *Bubillen*, der Polizei, weil die Wagen zu stark aufgemotzt waren oder weil sie mit ihrem Imponiergehabe und lautem Gehupe die Ruhe störten. Bußgelder bezahlten sie, begleitet von unflätigen Worten, anstatt das Geld in den Fonds des Clans einzuzahlen. Obwohl sie als Sozialhilfeempfänger registriert waren, konnte die Staatsgewalt nichts dagegen tun, dass sie solche Wagen fuhren. Die waren immer auf andere Personen zugelassen. ...

Wenn immer möglich, riefen die jungen Wilden bei Streitigkeiten mit der Polizei andere Clanmitglieder herbei. Die umringten die Beamten, pöbelten herum und hinderten sie an ihrer Arbeit.

Dass sie in Sportvereine gingen, hatte Tarek begrüßt. Die meisten entschieden sich für Fußball. Auch das gefiel ihrem Anführer. Aber sie hatten sich nur kurz umgesehen, dann nahmen sie auch dort das Heft auf unschöne Weise selbst in die Hand. Bald wurden mit dem Recht des Stärkeren alle Regeln missachtet:
Wenn der eigene Torwart einen gegnerischen Stürmer foulte, eilte ein Clanspieler herbei und half dem Verletzten nicht etwa auf, sondern versetzte ihm noch einen zusätzlichen Schlag auf den Hinterkopf. Trotzdem stellte der Schiedsrichter den Torwart statt dem Foulspieler vom Platz. Der Pfeifenmann hatte schlichtweg Angst vor den Clanmitgliedern. Er kannte deren übliche Drohungen: »Ich kenne deine Schwester und weiß, wo sie wohnt!«

Die Tageszeitung griff solche Untaten auf und prangerten sie an. Bald waren Mhallami in deutschen Mannschaften unerwünscht. Sie mussten auch hier unter sich bleiben, wenn sie weiter Fußball spielen wollten. ...

»Frechheit siegt« war das Motto der kraftstrotzenden Truppe. Der Erfolg gab ihr Recht. In ihrer Bauernschläue sahen sich die jungen Männer bald als unverletzlich an. Unter vierzehn Jahren bestand für all ihre Taten Strafunmündigkeit. Wenn sie noch unter einundzwanzig Jahren waren, wurden relativ milde Strafen ausgesprochen. Dann landeten sie im offenen Vollzug. Sie spürten die Strafe gar nicht so richtig. Trotzdem alberten sie: *Knast macht Männer*, ohne zu wissen was das wirklich bedeutete.

Kurzzeitige Inhaftierung, die bei guter Führung gewährt wurde, wandelte sich in der Szene sogar zu einem Beleg für schlechte Führung. Der Bruder war schließlich im Knast gewesen, und das wirkte schon wie eine Auszeichnung. Der junge Memnun Temiz hatte das vorexerziert. Für einen misslungenen Diebstahl saß er nur ein halbes Jahr Jugendstrafe ab, und das im offenen Vollzug. In seiner Truppe katapultierte ihn diese Heldentat in die Führungsriege.

Auch in Tareks Augen war die fehlende Härte der deutschen Justiz ein Zeichen von Schwäche. Er beschloss allerdings, einen Friedensrichter zu suchen, der wenigstens nach ihren Maßstäben richtete. Er nahm sich dies als eine der nächsten Aufgaben vor. ...

Am gefährlichsten fand Tarek, dass sich die Youngsters ohne Abstimmung mit ihm als Boss, dem *Babo*, auch auf Feldern bewegten, die andere mächtige Player belegten. Es handelte sich dabei um Drogen und Prostitution. Sie vertickten sogar *Flex*, Kokain mit Glassplittern gestreckt. In keiner deutschen Stadt wurde mehr Kokain konsumiert als in Essen.

Ihre junge Truppe übernahm Security-Dienstleistungen vor Bars und Diskotheken, ganz nach dem Motto: »Wer die Türen kontrolliert, kontrolliert auch, wer wo Baida, Drogen kauft!«

Schon mehrfach hatten sie Dusel gehabt, wenn eine Polizeistreife sie

100

überprüfte: Eins ihrer »Kokstaxis« bemerkte eine Streife gerade noch früh genug, um den Stoff aus dem Fenster zu werfen.

Die Beamten stellten den Wagen zwar auf den Kopf. Ein Spürhund schlug sogar an, aber sie fanden nichts. Da der Dealer den Wagen fuhr und eine Fahrerlaubnis brauchte, war er gleichzeitig auch strafmündig. Hätten sie ihn erwischt, wäre er immerhin für den Jugendknast fällig gewesen.

»Ich musste fast *Habs gehen*«, eine Haftstrafe antreten, prahlte er später vor seinen Kumpanen.

Das Geschäft mit den Huren wurde vor Mutter, Frau, Schwester und Tochter verschwiegen. Es war für ihre Ohren aus religiösen und moralischen Gründen *haram*, verboten. Eine *Sharmut*, eine Prostituierte, galt als unrein. Trotzdem wurde im Rotlichtmilieu gewildert.

Die Bosnier und Albaner hatten diese Felder auch beackert. Als sie durch den Schlagabtausch dezimiert waren, ergaben sich Lieferprobleme für Drogen und Muskelaufbaupräparate. Das gab den jungen Wilden die Begründung, hier auch einzusteigen.

Noch einmal flackerte der Widerstand der Osteuropäer auf. Wegen ihre geringen Mannstärke versuchten sie es mit einer deutlichen Einzelattacke. Sie hatten ausgespäht, dass die Fahrt der gegnerischen Kokstaxis abends über die Landstraße in die Nachbarstädte ging. Dort wollten sie ihren Feinden auflauern, die Drogen rauben und die Gegner zusammenschlagen. Doch sie hatten die Rechnung ohne den Wirt gemacht. Die al-Rashdiye hatten sie nämlich ebenfalls beschattet und erwarteten sie kampfbereit. Zwei starke Wagen parkten deren Pkw zu. Fünf al-Rashdiye stürmten heraus und schlugen den Wagen mit Baseballschlägern zu Schrott. Mit vorgehaltenen Pistolen trieben sie die Albaner auf die Straße und prügelten sie krankenhausreif. Selbst Pistolen kam inzwischen zum Einsatz. ...

Ein vorbeifahrender Pkw-Fahrer fand die Verletzten erst eine Stunde später am Straßenrand und rief einen Krankenwagen herbei. Das jämmerliche Abschneiden war für die Osteuropäer Grund genug, endgültig zu kapitulieren. Innerhalb von zwei Wochen verließen sie die Stadt. Der Machtwechsel war für die anderen Bewohner nahezu geräuschlos verlaufen. Die Polizeigewalt erkannte keine Zusammenhänge, obwohl die Fehde unter den beiden verfeindeten Gruppen auf offener Straße ausgetragen worden war. Trotzdem wurde der Clan in seinem neuen Umfeld ein wenig sichtbarer. Es ließ sich nicht vermeiden, dass »Konsumenten« seine Zuständigkeit für Drogen und Prostitution bemerkten. Darüber wurde auch geredet. ...

Tarek befürchtete trotz dieses Zwischensiegs, dass die Streitereien nicht dauerhaft beendet sein würden. Die eroberten Pfründe waren dafür zu lukrativ. Er verwarnte seine jungen Männer, war sich aber im Klaren, dass er sie nicht vollends einbremsen durfte. Sonst würden sie als Waffe stumpf. Er beschloss stattdessen, wenigstens alles vorzubereiten, um aufkommende Streitigkeiten schlichten zu können. Er begann einen Friedensrichter zu suchen, der dabei half. Die besten befanden sich seines Wissens in Berlin. Da wollte er nachfragen. Sein Sinnieren war zu einem vorläufigen Ende gekommen. Er war todmüde. Gegen 6:00 Uhr schlief er endlich ein. ...

Tarek machte sich bald an die Verwirklichung seines Plans. Er musste sich zunächst einen Überblick verschaffen, wo ein Richter zu finden war. Al-Rashdiye hatte sich inzwischen in Deutschland mit anderen Clans gut vernetzt und angefreundet. Die Telefonie ermöglichte durch stabile, ausgebaute Festnetze gute Informationsmöglichkeiten. Sie war auch sicher. Das Abhören war nahezu unmöglich, wenn man arabische Dialekte sprach. Dafür gab es so gut wie keine Übersetzer.

Tarek nutzte das Telefon die nächsten Tage gründlich. Schnell hatte er einen ersten Überblick: Circa vier Dutzend Männer bewegten sich in diesem Metier. Die meisten von ihnen hielten sich im Großraum Berlin auf. Das war nicht verwunderlich, denn dort gab es auch die meisten Clans.

102

Bei seinen vielen Telefonaten fiel immer wieder ein Name: *Hamit Khaleel.* Er war als Friedensrichter sehr erfolgreich und schien ihm der Richtige zu sein. Tarek erfuhr einiges über Khaleels Erfolge. Die von ihm bearbeiteten Fälle ließen Tareks Befürchtungen anwachsen, was alles noch auf ihn zukommen könnte. Aber sie zeigten auch, dass Khaleel der Richtige war. Seine Erfolge waren beeindruckend:

Khaleel gelang es, den Krieg unter zwei starken Familien zu verhindern. Bei einem Straßenkampf war ein Kämpfer mit einem Messer getötet worden. Blutrache stand ins Haus! Behutsam holte der Richter Angebote und Forderungen ein, wie die Täter sich bei der Familie des Opfers freikaufen konnten. Bei 100.000 DM fand er Konsens.

Ein junger Wilder machte als Intensivtäter Probleme. Er hatte schon mehrere gegnerische Clankrieger auf dem Gewissen. In einem Fall wurde er sogar von einem deutschen Gericht wegen Notwehr freigesprochen, da man ihm nicht beweisen konnte, dass sein vorgetragenes Alibi falsch war. Dem Täter gelang es auf ähnliche Art und Weise immer wieder, sich einer Bestrafung zu entziehen.

Die Wut des betroffenen Clans wuchs immer mehr. Schließlich rief er Khaleel um Hilfe an. Der griff zu einem probaten Mittel, das nur einem Friedensrichter zustand: Er sprach einen internen Haftbefehl aus.

Dieser verpflichtete alle Mitglieder des Clans sowie die befreundeter Clans, nach dem Täter zu suchen.

Binnen Wochenfrist war der Mörder dingfest gemacht und bestraft.

Bei einem publikumswirksamen Verfahren vor einem Frankfurter Gericht gelang es dem Friedensrichter, zwei wichtige Zeugen der Anklage, die aussagewillig waren, doch noch zu überzeugen, keine Aussage zu machen. Ein langes Ermittlungsverfahren lief durch ihn ins Leere, der Prozess platzte.

Ein anderes Mal gelang es ihm, vor einem Berliner Gericht zu verhindern, dass einer Familie wegen ihres kriminellen Rufs für ihre zwei Kinder das

Sorgerecht genommen wurde. Die Kleinen sollten in ein Heim. Wenn der Clanfamilie die Kinder fortgenommen worden wären, dann hätte das mit Mord und Totschlag geendet. Da war sich Tarek sicher.

Khaleel war Libanese, sechsundfünfzig Jahre alt und lebte mit einer Tochter in Berlin-Neukölln. In seinem Hauptberuf betrieb er eine Kfz-Werkstatt mit einem Schrotthandel dabei. Als Tarek das in Erfahrung brachte, kam ihm sofort eine Idee: Ihr Clan besaß in Essen-Altendorf ein freiliegendes Gelände mit einem Gebrauchtwarenhandel darauf. Ein kleines Bürogebäude war vorhanden und hatte auch mehrere Wohnräume. Dieses Objekt konnte er Hamit Khaleel anbieten.

Bald liefen zwischen Berlin-Neukölln und Essen die Drähte heiß. Es gelang Tarek, den Libanesen zu einem Besuch in Essen zu bewegen. Sie verabredeten sich in der Shishabar und legten Datum und Uhrzeit fest. …

Am Tag des Besuchs war Tarek schon sehr früh auf den Beinen. Er gönnte sich ein reichliches Frühstück, las noch einige Unterlagen durch, bis es Zeit wurde, sich auf den Weg zu machen.

Er ging zu Alia hin und küsste sie auf die Stirn.

»Isch geh Shishabar«, sagte er mit einem Grinsen.

Alia lachte hell auf und schüttelte den Kopf. »Was gibt es Neues?«, wollte sie wissen.

Tarek wich aus: »Es gibt nichts Neues unter der Sonne!«

Alia bohrte nicht nach. »Du bist unverbesserlich«, sagte sie stattdessen mit Zärtlichkeit in der Stimme. »Yallah!« – Auf gehts! …

Das Wetter war gut, und Tarek beschloss, zu Fuß zu gehen. Er begegnete im Viertel mehreren Mitgliedern und wurde respektvoll begrüßt. Auch außerhalb ihres Viertels begegnete er einigen Bekannten, die ihn grüßten. Es war ein gutes Gefühl, in dieser Stadt angekommen zu sein.

In der Shisha-Bar lief Fußball auf einem Flachbildschirm. Spielautomaten blinkten und klingelten. Nur wenige Personen saßen in tiefen Sesselpolstern und qualmten hinter dichten Schwaden Tabak mit Aroma. Einige der Männer sahen aus wie Bodybuilder. Sie zogen genussvoll an der Wasserpfeife und bliesen den Rauch durch die Nase wieder aus. Dann umhüllte der Rauch ihre Köpfe wie Watte. Die Sicht war vernebelt.

Der Clanführer suchte sich einen Ecktisch aus, der weit von dem restlichen Geschehen entfernt stand. Hier wartete er auf den Friedensrichter. Sie würden ungestört reden können.

Die Tür öffnete sich, und ein Fremder trat ein. Das musste der Friedensrichter sein. Hamit Khaleel war mittelgroß und schlank. Ein schwarzer Pulli, eine schwarze Lederjacke, modische Turnschuhe in Schwarz mit weißen Sohlen sowie eine enge Jeans, ebenfalls schwarz, gaben ihm eine düstere Note. Der Mann schaute sich um. Als sein Blick Tarek streifte, winkte der ihm zu. Khaleel steuerte mit einem Lächeln den Ecktisch an. Ihre Begrüßung verlief förmlich.

»Hatten Sie eine gute Anreise?«, fragte Tarek seinen Gast höflich. »Ich kann mich nicht beklagen.« Die Antwort wurde von einem Grinsen begleitet. Das Wort *beklagen* schien er mit einer Portion Ironie auch im Sinne seines Zweitberufs benutzt zu haben.

Khaleel sah ihn offen an. Sein Blick wirkte auf Tarek, als könne er sogar sorgfältig Verborgenes problemlos erkennen und aufdecken. Dieser Mann schien den Anforderungen gerecht zu sein.

Nachdem sie Tee bestellt hatten, tasteten sich die beiden Männer an einen sinnvollen Gesprächsbeginn heran.

»Wie haben Sie zu Ihrem Beruf gefunden?«, wollte Tarek von seinem Gegenüber wissen.

»Ich habe mein Amt vom Großvater und Vater geerbt. Die sind auch schon Streitschlichter gewesen. Ich blicke also auf eine lange, strenge Ausbildung zurück.«

»Wie muss ich das verstehen? Nach welchen Maximen arbeiten Sie?«
»Wir islamischen Friedensrichter entscheiden über Recht und Unrecht auf Grundlage der Scharia. Gerechtigkeit kann nur von Gott kommen. Wir können so selbst Angelegenheiten regeln, die der schwache Staat hier nicht lösen kann. Ich mach dies übrigens alles ehrenamtlich. Wenn mir allerdings jemand etwas schenken will, hindere ich ihn nicht daran«, fügte er mit einem spitzbübischen Lächeln hinzu.

Der Mann gefiel Tarek. Er hatte im Gespräch schnell erkannt, dass der nicht nur Binsenweisheit an Binsenweisheit reihte, sondern genau wusste, worauf es ankam. Ihn wollte er für Essen gewinnen.

Doch zuvor wollte der Friedensrichter wissen, wofür Tarek seine Hilfe suchte.
»Wo brennt es?« Seine Frage war kurz, aber präzise.
»So weit sind wir noch nicht. Bisher sehe ich nur Rauch. Doch wo Rauch ist, kommt meist auch Feuer auf. Ich möchte dem vorbeugen.«
Khaleel lachte verstehend. »Das ist eine weise Einstellung«, meinte er.
»Es ist nie zu früh für eine gesunde Vorsorge.«
Er nickte mit beiläufiger Selbstgewissheit und lächelte dabei so gleichmütig wie eine Buddhastatue.

Die Übereinstimmung regte Tarek an, den Richter nun mit dem Betriebsgrundstück zu locken. Er begann, es mit allen Vorteilen vorzustellen und registrierte, dass er damit auf Interesse stieß.
»Wir können hinfahren. Dann können Sie sich das Objekt in aller Ruhe ansehen. Ich kann mir gut vorstellen, dass es etwas für Ihren Hauptberuf ist.«
Khaleel stimmte zu.
»Mein Zug geht erst um 17:00 Uhr.
Ich fahre in die Nacht und habe also noch Zeit.«

Das Einfahrtstor zum Grundstück lag an einem unbefestigten Weg. Er schien wenig befahren, Unkraut wucherte bis in die Fahrbahn hinein.

106

Das Gebäude sah etwas traurig aus. Es konnte einen Anstrich gebrauchen. Doch das Gelände war für die geplanten Zwecke bestens geeignet.

»Ich werde alles noch etwas herrichten lassen«, redete Tarek das Objekt schön. »Ich kann Ihnen sogar noch einen Zusatzservice bieten: Unsere jungen Leute können Sie günstig mit Ersatzteilen beliefern.«

Er verschwieg tunlichst, dass die aus ausgeschlachteten Pkws stammen würden, die zuvor gestohlen worden waren.

Doch der Richter kam schon selbst darauf:

»Aha, *fünf Finger Rabatt,* mit Diebstahl sind Sie auch befasst!«

Nun war es an Tarek, zu lachen.

Am Verhalten von Khaleel erkannte der Clanführer, dass der Wahl-Berliner angebissen hatte. Er hielt ihm deshalb seine Rechte entgegen und sagte: »Top, die Wette gilt!« Diesen Ausdruck hatte er von Deutschen übernommen. Khaleel war überzeugt und schlug ein. ...

Tarek fühlte große Befriedigung in sich aufsteigen. Er hatte viel erreicht. Essen würde bald einen fähigen Friedensrichter haben. Mit ihm konnten sie nach seiner festen Überzeugung auch Krisensituationen meistern. Er redete nun ganz entspannt, als er den neugewonnenen Partner der Familie zum Mittagessen bat: »*Natürlich auf meinen Nacken!*« Ich übernehme die Rechnung!

Nach einem üppigen Mahl brachte er den Richter zum Hauptbahnhof. Sie gingen zu Fuß durch die Nachmittagssonne. Khaleel versprach, in einem halben Monat wieder in Essen zu sein. »Meine Tochter Charda (auf Deutsch Ausreißerin) und ich müssen noch das ein oder andere regeln.« ...

Höhen und Tiefen wechseln sich ab

Der wirtschaftliche Höhenflug der Rashdiye ging nicht unentwegt weiter. Im Frühsommer gelang der Essener Polizei durch Zufall ein schwerer Schlag gegen sie. Bei einer Überprüfung diverser Areale in Essen-Langenfeld stießen die Beamten auf ihre illegale Tabakfabrik. Es war spät am Abend und der Gebäudekomplex war zu diesem Zeitpunkt menschenleer. Die Detailermittlungen setzten sofort ein, scheiterten aber beim Bemühen, den Clan verantwortlich zu machen. Die Anlage gehörte angeblich einem deutschen Kaufmann. Die Beamten konnten die Tatsache nicht nachweisen, dass er sie für den Clan als Strohmann erworben hatte. Das war zu vermuten, da keiner der Clanmitglieder zu solchen Rechtsgeschäften befugt war. So war es dann auch wirklich geschehen. Die Vergütung für ihn wurde vom Clan als Miete gezahlt. Der Betrag war recht niedrig, doch in einer Zeit mit so viel Leerstand nicht angreifbar. Der Deutsche hatte seine Einkünfte zudem »ehrlich« versteuert.

Erst in den Büroräumen und Lagerhallen deuteten Beweismittel auf die Rashdiye hin. Es fanden sich neben einer halben Tonne Rohtabak fast drei Tonnen gebrauchsfertiger Shisha-Tabak. 70.000 DM in Scheinen, eine große Kiste Falschgeld und eine Nobelkarosse im Hof wurden konfisziert. Eine Beschlagnahme dieses Ausmaßes war den Beamten seit Langem nicht gelungen. Das Medieninteresse war dementsprechend hoch.

Die Beteiligung der Mhallami an den kriminellen Machenschaften ergab sich aus dem sorglos geführten Schriftverkehr. Er fand sich in den Büroräumen. Bestellvorgänge der Shishabar, die ein Mann namens Fath Sharif al-Rashdiye führte, wurde entdeckt. Eine Durchsuchung der Bar brachte weitere Beweise zu Tage: Der dort gelagerte Tabak war von gleicher Konsistenz wie der in den Fabrikräumen und stand unverzollt für den Endverbrauch bereit.

Fath Sharif gehörte im Übrigen der Gruppe Migranten an, die seinerzeit gemeinsam Asyl gesucht hatte. Sein Status lautete wie der der anderen:

»geduldet«. Sharif al-Rashdiye war nun in Straftaten verwickelt. Wie weit das die gesamte Gruppe betraf, wollte man noch nachweisen.

In Faths Privatwohnung fand sich noch ein Bündel Blüten, welches der Serie des Falschgelds in der Fabrik zugehörte. Nachbarn bestätigten außerdem, dass der konfiszierte Luxuswagen oft von Fath gefahren worden war und oft vor seiner Haustüre stand. Man fand im Wagen seine Fingerabdrücke sowie einige persönliche Gegenstände. Er war reif für eine Anklage, blieb aber für eine gehörige Kaution zunächst auf freiem Fuß. ...

In der Zentrale des Clans läuteten die Alarmglocken Sturm. Die gesamte Geschäftsführung saß, auf Schadensbegrenzung bedacht, mit dem Friedensrichter zusammen. Die Beweiskette bis zum Clan hin musste unterbrochen bleiben!

Alle wussten, dass Eile geboten war. An Entschlussfreudigkeit mangelte es nicht. Ihre Entscheidungen schmälerten letztlich den Erfolg der Polizei: Fath Sharif sowie alle Mitarbeiter der Fabrik verschwanden in einer Nacht-und-Nebel-Aktion aus der Stadt, bevor sie verhaftet werden konnten. Hamit Khaleel brachte dieses Kunststück zu Stande. Dank seiner Verbindungen kamen sie bei befreundeten Clans in anderen Städten unter. Dort lebten sie nun unter anderem Namen weiter. ...

Die »Nabelschnur« zum Clan konnte noch mal durchgeschnitten werden. Der Nachweis, dass in Essen ein Clan für diese Delikte zuständig war, wurde von den Behörden nicht erbracht. Es fehlte die Möglichkeit, von den überführten Kriminellen entsprechende Geständnisse zu erzwingen. Bald ging auch die Presse wieder zur Tagesordnung über und wandte sich anderen Problemen zu. Essen hatte in seiner problematischen wirtschaftlichen Lage genügend davon. ...

Für den Clan galt es nun, den großen finanziellen Verlust zu verdauen. Ein erfolgreiches Ersatzgeschäft musste her. Die Kriegskasse war äußerst leer. Außerdem war ein Erfolg für die Betroffenen auch eine Frage der Ehre. ...

Der Zufall spielte Glücksfee:

Rasin Qasem mit dem Spitznamen at-Tawīl (der Lange) war wirklich hoch aufgeschossen.

Der Libanese lebte schon seit mehr als fünfzehn Jahren geduldet in Essen. Er hatte keinen echten Freund und war deshalb froh, in den letzten Monaten wenigstens einen freundschaftlichen Umgang mit seinem Landsmann Hamit Khaleel gefunden zu haben.

Qasem füllte seine spärlichen Bezüge aus der Sozialhilfe schon länger mit solchen aus Dienstleistungen im Drogengeschäft auf. Er hatte für die Osteuropäer den Nachschub der Drogen organisiert.

Doch verflossene Wasser bewegen die Mühlen nicht. Seine Klientel war mittlerweile out. Das Geschäft ging aber weiter, und er suchte den Kontakt zu den neuen Herren. ...

Er hatte inzwischen zu Hamit Khaleel so viel Vertrauen geschöpft, dass er ihm gegenüber seine Vorstellungen andeutete. Khaleel blieb mit seiner Antwort genauso vage, sie fiel recht blumig aus: »Du sprichst von der Geschichte eines Zopfs, der Geschichte einer Verflechtung?«

Nun wurde Qasem gezwungenermaßen deutlicher:

»Du triffst den Nagel auf den Kopf, Bruder. Ich suche Kontakt zu den neuen Herren. Ich benötige dringend wieder ein gutes Einkommen, kann aber auch etwas bieten.«

Seine Offenheit wurde honoriert: »Ich möchte dir einen Tipp geben. Ich glaube einen Mann zu kennen, der dir helfen kann. Ich erwarte ihn in gut einer Stunde. Wenn du so lange hierbleiben möchtest, stelle ich ihn dir vor. Er kommt wie wir aus dem Libanon, ist allerdings ein Mhallami.«

»Ich warte gerne«, antwortete der Lange erfreut. ...

Firats Besuche bei Khaleel waren immer häufiger geworden. Sie standen selten mit dessen Stellung als Friedensrichter im Zusammenhang. Firat hatte sich vielmehr in seine Tochter verguckt. Diese Frau hatte ihn bereits

110

beim ersten Zusammentreffen stark beeindruckt. Es war nicht nur ihr angenehmes Äußeres, sondern auch die Art, wie sie ihrem Vater zur Seite stand, die ihn mitten ins Herz getroffen hatten.

Charda war blitzgescheit, lieferte in den Diskussionen immer gute Beiträge und hielt sich trotzdem respektvoll im Hintergrund. So wünschte er sich seine Frau.

Mittlerweile hatte er das Gefühl gewonnen, dass Vater und Tochter seinem Werben mit Sympathie gegenüberstanden. Auch sein eigener Vater bestärkte ihn darin. Der wollte Hamit fest an die Familie binden. Er hielt große Stücke auf ihn.

Als Firat heute zu Besuch kam, überraschte ihn, dass Hamit Khaleel nicht allein auf ihn wartete.

Der stellte ihm vielmehr einen großen Mann vor: »Das ist Rasin Qasem, seine Freunde, zu denen ich gehöre, nennen ihn ›den Langen‹. Sein Aussehen gibt uns Recht, wie du siehst. Rasin hat einen Vorschlag, der dich interessieren dürfte. Deshalb möchte ich euch zusammenbringen.«

Die beiden Männer gaben sich die Hand und schauten einander fest in die Augen.

»Ich bin vom Grunde her neugierig, lassen Sie mich also Ihr Anliegen wissen«, wandte sich Firat mit einem smarten Lächeln an sein Gegenüber.

Während ein Stein, der ins Wasser fällt, nach außen wachsende Kreise erzeugt, hatte Rasin vor, von außen nach innen zu kreisen, um auf den Punkt zu kommen.

Er begann also etwas weitschweifig: »Ich hörte, dass Sie ein Geschäftsmann sind. Das kann ich von mir ebenfalls sagen, wenngleich meinen Hauptkunden leider der Atem ausgegangen ist. Ich suche deshalb nach neuen Verbindungen. Darf ich Ihnen meine Möglichkeiten vorstellen?«

Firat lud ihn dazu ein. Geschäfte gingen vor, auch wenn er sich eigentlich auf ein Treffen mit Charda gefreut hatte. ...

Hamit Khaleel unterbrach das gerade begonnene Gespräch: »Ich glaube, ich lasse euch jetzt allein. Ich lasse Tee hereinbringen.«

Damit verließ er, ohne eine Antwort abzuwarten, sein Arbeitszimmer, das er den Gästen großzügig überließ.

Qasem setzte nach einer kurzen Pause seine Erläuterungen fort: »Ich habe für meine Kunden in einem sehr lukrativen Marktsegment den Nachschub an Ware organisiert. Die Möglichkeiten habe ich immer noch und möchte sie auch weiter nutzen. Nur die Kunden gingen verlustig.«

»Was kann ich dabei für Sie tun?«

»Nun ja, der angesprochene Geschäftsbereich ist nicht ganz ungefährlich. Darf ich davon ausgehen, bevor ich ins Detail gehe, dass alles als ungesagt gilt, wenn wir nicht zusammenkommen?«

»Das kann ich zusagen. Ich kann auch bestätigen, dass mich Gefahren nicht abschrecken.«

Nun wurde der Libanese deutlicher: »Ich habe für eine osteuropäische Organisation den Nachschub an Drogen organisiert. Meine Quelle sprudelt nahezu unbegrenzt und ist vom Preis her äußerst günstig. Meine Abnehmer sind von Stärkeren ersetzt worden, und bei denen würde ich gerne andocken.«

»Das ist verständlich. Gute Quellen soll man nicht versiegen lassen. Erzählen Sie mir Einzelheiten.«

Qasem war sich nun sicher, dass er dem richtigen Mann gegenübersaß, und ging ins Detail:

»Meine Ware ist aus dem Iran, genauer gesagt aus Ardabil. Das ist eine der wichtigsten Städte im Nordwesten des Irans und liegt in der gleichnamigen Provinz. In der ganzen Umgebung wird Bewässerungsfeldbau betrieben. Da setzen meine ›Produzenten‹ an.«

»Bauen sie dort Drogen an?«

»Nein, die kommen aus dem Libanon. Sie werden allerdings in Ardabil umgepackt. Sie werden gleich verstehen warum.«

»Wie muss ich das verstehen?«

112

»Dort werden Tomaten und Gurken angebaut. Das Heroin wird in Tomaten- und Gurkengläsern versteckt und per Lkw nach Deutschland gefahren.«

»Die Route erscheint mir ziemlich lang, und sie berührt viele Länder.«

»Ja das stimmt. Die Fahrtstrecke beträgt knapp 5000 Kilometer. Viele Länder heißt aber nicht viele Kontrollen, denn die Wagen werden bis zum Zielland Deutschland verplombt. Die Route verläuft über die Türkei, Bulgarien, Serbien, Ungarn, Österreich nach Deutschland.«

»Wie lange ist die Fahrzeit?«

»Das hängt von den Umständen auf den Straßen ab. Aber die Fahrt dauert mindestens fünfzig Stunden.«

»Sind die Männer in Ardabil zuverlässig, und wie ist das mit den Fahrern?«

»Die Bauern in Ardabil kenne ich persönlich. Für sie lege ich die Hand ins Feuer. Sie heißen Diyar Haaleh und Arpak Ziaar. Die beiden stehen für die Fahrer gerade. Die sind geschult und haben niemals Probleme gemacht.

Ardabil ist übrigens sehenswert. Vielleicht möchten Sie selbst einmal hin. Das Grabmal des Scheichs Safi ad-Din Ardabili ist besonders imposant.«

»Eine Lustreise habe ich bestimmt nicht im Sinn. Aber das, was Sie vorgetragen haben, interessiert mich sehr. Sagen Sie bitte noch etwas über die Mengen und Preise.«

»In einer Fuhre werden um 300 Tonnen Heroin transportiert. Der Marktwert beträgt in etwa 50 Millionen DM. Der Einkaufswert würde für Sie bei 15 % liegen. Darin ist mein Service bereits inbegriffen. 50 % müssen bei Bestellung gezahlt werden, der Rest einen Monat nach Lieferung.«

Firat überschlug die Zahlen schnell im Kopf und kam zum Schluss: »Die Konditionen sind fair und interessant. Ich muss sie allerdings mit meinen Partnern besprechen. Die Finanzierung muss ebenfalls sichergestellt werden. Ich denke zunächst einmal nur an eine Lieferung. Danach sehen wir weiter. Können Sie so lange warten?«

Qasem war überwältigt, auch wenn er sich dies nicht anmerken ließ. Mit einem so konkreten Zwischenergebnis im ersten Gespräch hatte er bei Gott nicht gerechnet. Er konnte schon fast wieder von rosigen Zeiten träumen! Doch er blieb in seiner Antwort sachlich:

»An mir soll es nicht liegen. Ich habe Geduld und warte gerne auf Ihre Antwort. Aber ich muss Sie um Verständnis bitten, dass ich nicht vorhersehen kann, ob meine Lieferanten die gleiche Geduld aufbringen. Wir sollten beide bemüht sein, zu einer schnellen Entscheidung zu kommen. Ich hoffe Sie verstehen mich nicht falsch.«

Firat zeigte Verständnis. Die beiden Männer besiegelten ihr Gesprächsergebnis mit einem festen Händedruck. Dann gingen sie, beide in Gedanken versunken, auseinander.

Firat war so aufgekratzt, dass er nicht einmal die Nähe von Charda suchte. Darin verhielt er sich ganz wie sein Vater. Die Arbeit hat immer Vorrang!

Er kannte die Bedenken seines Vaters gegen das Rauschgiftgeschäft. Er wusste aber auch, dass die letzte Schlappe durch die Polizei ausgebügelt werden musste. Wenn der Clan weiter gut dastehen sollte, brauchte er frisches Geld, und zwar nicht wenig. Welche Möglichkeiten die gehörten Zahlen verdeutlichten, würde auch den Vater beeindrucken.

Firat sah eher ein Problem darin, die Ware vorzufinanzieren.

Vielleicht konnte Hamit Khaleel mit seinen Beziehungen helfen. Doch das wollte er nicht auf eigene Kappe nur in einem Zweiergespräch abklären. Dazu musste er die Zustimmung seines Vaters einholen. Er fuhr nachhause zurück und suchte noch am selben Abend das Gespräch mit seinem Vater. …

Tarek legte Wert darauf, dass Nidal zum Gespräch hinzukam. Als Firat die Möglichkeiten vor ihnen ausgebreitet hatte, kehrte ein Moment der Stille ein.

Dann atmete Tarek tief durch und begann: »Ihr kennt mein Bauchgefühl. … «

114

Schon da fiel ihm Nidal ins Wort: »Dein Bauch ist kein Denkorgan, Tarek.

Wir müssen aber denken, bevor wir eine Entscheidung treffen. Du weißt, unsere Familie braucht nach der erlittenen Schlappe eine gehörige Geldspritze. Dabei können wir nicht wählerisch sein.«

Tarek entschloss sich, auf Einwände zu verzichten und stattdessen konstruktiv mitzuarbeiten. Die Aktion sollte wenigstens so sicher wie möglich durchgeführt werden. ...

»Zunächst brauchen wir eine Lieferadresse, die einer Überprüfung standhält.«

»Dazu habe ich bereits eine Idee«, meinte Firat voll Eifer. »Unser türkischer Freund Özdemir betreibt in der Stadt ein gutgehendes Obst- und Gemüsegeschäft. Er wird für eine kleine Provision gerne mitspielen.«

»Ihr seid euch im Klaren, dass 3,75 Millionen DM bei Bestellung gar nicht von uns aufgebracht werden können?«, sprach Tarek den nächsten Problempunkt an.

Hierfür wusste Nidal eine Lösung:

»Ein so großer Betrag darf sowieso nicht aus Essen überwiesen werden. Das wäre völlig unplausibel. Meine Idee kann gleich zwei Probleme auf einmal lösen. Der größte Teil des Betrags sollte aus dem Libanon in den Iran gehen. Ich denke an unseren guten Freund Bassam Aziz, zu dem wir stets Kontakt gehalten haben. Freundschaft überdauert eben, fast wie Familienbande! Bassam wird unter seinen Leuten Investoren finden, die in den unruhigen Zeiten im Libanon nur allzu gern Wagniskapital im Ausland anlegen wollen. Sie müssen nur am Profit angemessen beteiligt werden. Das ist Verhandlungssache und kein Problem. Ein kleiner Teil, der zur Bezahlung des vermeintlichen Gemüseimports passt, kommt von Özdemir, und der erhält ihn, genau wie seine Provision, ohne bankmäßigen Zahlungsvorgang aus unserer Kriegskasse. Wie er das in seinen Geschäftsbüchern behandelt, ist seine Sache.«

»Dein Modell klingt gut«, sagte Tarek voll Anerkennung.

»Ich kann es zu einem guten Ende führen: »Die zweite Rate können wir schon aus erfolgten Drogenverkäufen bezahlen. Damit fällt die Rendite ganz auf uns. Auch dieser Vorgang darf allerdings nicht zu uns hinführen. Ich bin sicher, Hamit Khaleel kann uns zu einem verdeckten Transfer verhelfen. Er kennt schließlich Gott und die Welt. Mit unserem Restgewinn sind wir dann wieder gut im Geschäft und auf der sicheren Seite.«

Tarek gab seinen Widerstand auf: »Ihr habt recht, wir müssen die Sache durchziehen.« …

Die Vorarbeiten wurden alsbald in Angriff genommen. Zeit war Geld. Als alles getan war, hieß es warten. Natürlich hatten die drei Angst, dass etwas mit dem Transport schiefgehen könne. Aber Allah war mit den Mutigen. Die Drogen erreichten Essen unentdeckt. Sie fanden im Lager von Özdemir einen unauffälligen Platz. Dosen wurden nur für den Weiterverkauf entnommen. Ein solcher Drogenbestand führte zur Ausdehnung des Geschäfts bis in die anliegenden Städte. Das Geld sprudelte unentwegt zurück. Die Bezahlung der zweiten Rate binnen Monatsfrist wurde kein Problem. Nach dem ungetrübten Erfolg entschied das Triumvirat, die Beschaffung auf gleiche Weise zu wiederholen. Jeder kriminelle Erfolg forderte einen weiteren Coup mit noch mehr Gewinn.

Diese Spirale hatte kein Ende. …

Im Detail zeigte sich, dass das Drogengeschäft durchaus mit Risiken verbunden war. Ohne Bezug zur Familie ging in der Essener Innenstadt die Polizei regelmäßig Dreierstreife. Rauschgiftdelikte hatten sich nämlich stark vermehrt. Einer ihrer Drogenhunde enttarnte dabei ein Rauschgiftversteck. Er hatte in einer Kellerfensterluke mehrere Päckchen Drogen erschnüffelt. Dieses Versteck wurde seither bei jedem Kontrollgang überprüft. Und wirklich, ein Beamter wurde erneut fündig. Er wühlte mit behandschuhter Hand im Lichtschacht des Fensters herum, und wenig später hielt er drei Päckchen des weißen Tods in der Hand. Obwohl der Fund sorgfältig verpackt war und die Polizisten die Dachluke des Wagens geöffnet hatten, spielte der Drogenhund im VW-Bus verrückt. Die Drogen dünsteten für seine empfindliche Nase den ganzen Wagen aus.

Als Tarek von dem Malheur hörte, rastete er völlig aus und fuhr seine Youngsters an:»Wie kann man nur so dämlich sein, ein enttarntes Versteck zum zweiten Mal zu nutzen. Den Verlust arbeitet ihr ab. Euren Anteil könnt ihr in der nächsten Zeit vergessen.«

Auch in kleinen Dingen war der Anführer bemüht, für Sicherheit und Ordnung zu sorgen. Das lag ihm im Blut. Das verschaffte ihm Respekt bis in die unterste Ebene der Familie.

Tarek hatte sich angewöhnt, jeden Morgen die deutsche Zeitung zu lesen. Er hoffte, damit sein Deutsch zu verbessern, und war auf der Suche nach interessanten Neuigkeiten. Diesen Morgen fiel sein Blick auf das Foto eines Mannes, den er sofort als den Buchhalter ihrer aufgeflogenen Tabakfabrik erkannte. Unter dem Bild stand allerdings ein anderer Name. Der dazugehörende Artikel berichtete von einem Mord in Bremen. Das passte zu Tareks Kenntnisstand. Der Buchhalter war in Bremen unter anderem Namen untergetaucht. Er las nun den Artikel Wort für Wort. Der Buchhalter war spät abends an einer Bushaltestelle niedergestochen worden. Nach Zeugenaussage stand er mit einer Gruppe Männer zusammen, in der Streitigkeiten ausbrachen. Ein Messer fuhr ihm dabei in die Brust. Die restlichen Männer stoben auseinander und ließen ihn an der Haltestelle liegen. Ein Notarzt wurde von Passanten herbeigerufen. Er roch, dass der Verletzte stark alkoholisiert war. Sein Versuch, den leblosen Mann zu reanimieren, hatte Erfolg. Der Verletzte wurde zur weiteren Behandlung ins Krankenhaus transportiert. Dort verstarb er in den frühen Morgenstunden schließlich doch an Herzversagen. Obwohl die Polizei sofort eine Fahndung eingeleitet hatte, wurde die Gruppe um den Täter nicht aufgegriffen. Die Flüchtigen hatten sich sofort zerstreut. Selbst ein Polizeihubschrauber mit Suchscheinwerfern ortete sie nicht.

Untersuchungen im Hospital bestätigten, dass sich der Verstorbene unter erheblichem Alkoholeinfluss befunden hatte. Er war sogar mit über drei Promille im Vollrausch gewesen. Für Tarek war klar, der Kerl war beim Streit so angetrunken gewesen, dass er gar nicht denken, geschweige denn sich wehren konnte. Dessen Hirn konnte kaum noch die Befehle fürs Ein- und Ausatmen geben, dachte er verächtlich.

Trotzdem wollte Tarek der Sache nachgehen. Schließlich handelte es sich bei dem Toten um ein Familienmitglied. Möglicherweise war Blutrache angesagt. Das war für den Clan eine Frage der Ehre. Hamit Khaleel musste die Umstände klären. Aber selbst der Friedensrichter traf bei seiner Recherche auf eine Mauer des Schweigens. Der Tote war in den Reihen des fremden Clans eben doch ein Fremder geblieben. Wegen ihm einen blutigen Streit anzetteln, wollte man nicht riskieren. Tarek und Hamit trösteten sich damit, dass diese Entwicklung für die Rashdiye durchaus etwas Positives mit sich brachte: Ein gefährlicher Informant zu den illegalen Geschäften ihrer Tabakfabrik war endgültig verstummt. Ein toter Buchhalter war ein stummer Buchhalter! …

Der Zeitraum 1987 bis 1991

Der libanesische Bürgerkrieg setzte sich mit ständig wechselnden Bündniskonstellationen fort. Immer noch suchten viele Betroffene die Flucht nach Europa, speziell nach Deutschland, als letzten Ausweg. Die bewährte Einreise über Ost-Berlin wurde 1987 jedoch empfindlich gestört. Die DDR stellte keine Transit-Visa in die Bundesrepublik mehr aus, wenn die Einreisenden keine Anschlussvisa vorlegen konnten. Doch der Missstand hielt nicht lange vor. Die Not machte erfinderisch und spülte viel Geld in die Taschen der in Ostberlin ansässigen Araber. Sie sprachen nun Einladungen an Einreisewillige aus, die denen dann doch wieder das DDR-Visum bescherten. Da die Flüchtlinge Hotels buchen mussten und an ihre Gastgeber Gebühren zahlten, war dieser Weg für die DDR und ihre arabischen Mitbewohner sogar eine Möglichkeit, zusätzlich an Devisen zu gelangen. Bald flogen wieder mit Gästen prall gefüllte Flugzeuge Berlin-Schönefeld an. Von dort war es immer noch kein Problem, sie weiter nach Westberlin zu schleusen.

Die neuen Migranten waren im großen Umfang Mhallami. Die in Deutschland lebenden Clanfamilien luden sie ein, in ihren Reihen heimisch zu werden. Mit ihrer Kriegserfahrung im Libanon waren sie immer noch besonders begehrt. Größe und Stärke des Clans bedeuteten schließlich Macht. Die Rashdiye erfuhren in Essen einen bedeutsamen Zuwachs. In Essen selbst lebten nach dem Zuzug knapp 1100 Familienmitglieder. Weitere 300 wohnten in Gelsenkirchen, 250 in Dortmund und 300 in Bochum. Das war eine gewaltige Anzahl!

Neue staatliche Regelungen hatten im selben Zeitraum den Status der nur geduldeten Mhallami verbessert. Schon am 17. Dezember 1984 trat eine Novelle in Kraft, die den Verbleib von sogenannten »Altfällen« in Deutschland neu ordnete. Die neue Vorschrift enthielt allerdings so viel Einschränkungen, dass sie für das Problem der De-facto-Flüchtlinge keine befriedigende Lösung bot. Erst im Oktober 1987 verschwanden in einer zweiten Altfallregelung diese Beschränkungen. Der Bezug von Sozialhilfe und das Fehlen von Heimatspässen waren für die Erteilung von Aufenthaltsgenehmigungen keine Hinderungsgründe mehr. Die Antragsfrist, sich so zu registrieren, lief allerdings schon Ende August 1988 wieder aus. Die Rashdiye nutzten deshalb die Möglichkeit schnell und in großer Zahl. Die Führungsspitze ging allen anderen voran. Mit Aufenthaltserlaubnis waren sie danach unbegrenzt in der Lage, Rechtsgeschäfte zu tätigen, für die sie bisher Strohmänner benutzt hatten. Auch Reisebeschränkungen fielen fort. Bei dem mit Drogengeschäften erreichten Wohlstand war es nur ein kleines Ärgernis am Rande, dass mit der neuen Regelung das Kindergeld gestrichen wurde und weitere Ansprüche an das Sozialsystem entfielen. Sie betrafen Erziehungsgeld und Erziehungsurlaub. An der Möglichkeit, nun auch offizielle Arbeitsplätze zu suchen, zeigten viele kein Interesse. Beim Bildungsstand der meisten waren gute Positionen für sie nach wie vor nicht erreichbar. Sie hatten sich außerdem zu sehr an die profitablen kriminellen Geschäfte gewöhnt. ...

Das Problem, große Geldbeträge, die durch kriminelle Machenschaften erworben worden waren, vor der Staatsgewalt zu verbergen, war nunmehr ebenfalls leichter zu lösen.

Diese Gelder waren bisher im Ausland, speziell im Libanon, versteckt worden. Nun wurden sie als angebliches Vermögen dort wohnender Verwandter zurücktransferiert. Die Clanführung wurde bevollmächtigt, sie ertragsbringend anzulegen. Das löste eine große Welle von Immobilienkäufen in Deutschland aus.

Besonders baufällige, schäbige Wohnungen wurden gekauft, aufgehübscht und an Bedürftige weitervermietet. Die waren nur in der Lage, einen niedrigen, aber trotzdem zu hohen Preis, zu zahlen. Die Zukunftsaussichten sahen für die Clanmitglieder mit einem Mal wieder viel rosiger aus. Der deutsche Staat erkannte die damit verbundenen Gefahren zunächst nicht. Der planvolle Aufbau des kriminellen Familienunternehmens ging nahezu ungehindert vonstatten. Die Clans versuchten sogar im reichen Gastland weitere Goldadern zu finden und auszubeuten. ...

Die Mitglieder zeigten nun zunehmend, was sie besaßen. Von Leben mit Hartz IV war keine Rede mehr. Sie gedachten mit Stolz der Einwohner ihres Herkunftsdorfs Rashdiye. Viel Geld floss aus Deutschland dorthin. Tarek und Nidal errichteten für ihre inzwischen verstorbenen Eltern pompöse Grabmäler auf dem kleinen Dorffriedhof. Zurückgebliebene Verwandte oder ihre Nachkommen erhielten Geld, um zu bauen. Der Zusammenhalt der Familie war ungebrochen.

Die reiche Essener Verwandtschaft fuhr derweilen mit großen Karossen durch die Stadt, meistens mit »Benzern«. Sie trug dicke Goldketten und teure Uhren. Auch ihre Wohnungen und ihre Einrichtungen wurden luxuriöser. Die Clanführung zog sogar in leerstehende Villen. Die zusammengetragenen Früchte ihrer Untaten wurden nach Rang in der Gruppe

120

verteilt. Im Vergleich mit der immer noch armen Essener Bevölkerung fielen die Rashdiye bald aus dem Rahmen. Neidgefühle kamen auf. Sie gefährdeten zudem, weiter unentdeckt in ihrer Schattenwelt zu bleiben. …

Im Jahr 1988 stand in der Familie ein Großereignis bevor: Firat war inzwischen vierzig Jahre alt, und es wurde Zeit, dass er sich Charda zur Frau nahm.

Zwischen den Familien Omeirat und Khaleel bestand Einvernehmen und Firat und Charda empfanden Zuneigung zueinander.

Ein weiteres Paar plante die Hochzeit. Die Familien Hammad und Habib hatten sie ausgehandelt. Rana Hammad war inzwischen fünfundzwanzig Jahre alt, ihr zukünftiger Bräutigam Nuri Habib nur ein Jahr älter. Tarek und Nidal hatten sich verständigt, eine gemeinsame, große Hochzeit für ihre Kinder auszurichten. Man plante mit etwa hundert Gästen.

Die beiden Männer hatten einen geeigneten Austragungsort gefunden. Der lag am Baldeneysee. Besonders bei gutem Wetter bot er für solche Art von Festen eine herrliche Lage. Die Zufahrt für die Gäste von außerhalb war ebenfalls günstig. Die Autobahn lag nur etwa fünf Kilometer entfernt.

Ihre Vorbereitungen blieben den Behörden nicht verborgen. Wegen der Größe der Veranstaltung suchten diese ein Kooperationsgespräch mit ihnen. Sie wurden von den Betreibern der Lokalität auf Tarek Omeirat verwiesen und bekamen in seiner Innenstadt-Villa schon für den nächsten Tag einen Termin.

Tarek zeigte sich als beschäftigter Geschäftsmann, aber auch sehr jovial. Für die Besprechung führte er die Herren der Polizei in sein Arbeitszimmer, dessen aufwändige Ausstattung den Beamten die Augen übergehen ließ. Er fragte, was sie zu ihm führte, und hörte dann aufmerksam zu.

»Eine so große Veranstaltung wird von uns immer mit Kontrollen begleitet. Daneben gibt es einzelne Facetten, die besonderer behördlicher Genehmigung bedürfen, die wollen wir Ihnen erläutern«, nahm einer der Polizisten das Wort.

»Können Sie mir bitte alle Einzelheiten nennen, ich bin nicht sehr firm in solchen Dingen. Es handelt sich schließlich um unser erstes großes Familienfest. Ich bin dankbar für jeden Rat und möchte natürlich nichts falsch machen.«

Tarek hatte den richtigen Ton getroffen. Der andere Beamte gab sich als Spezialist für die Einzelheiten zu erkennen und sprach sie nun an: »Wir sollten schon wissen, wie viele Ihrer Gäste von auswärts kommen. Dann können wir die Abfahrt von der Autobahn regulieren und Staubildungen vermeiden.

Bei Autokorsos, auch in der Innenstadt, drücken wir bei Festen wie Hochzeiten gerne ein Auge zu.

Es darf aber zu keinen Übertreibungen kommen.

Ich denke an übertriebene Lärmbelästigung durch Hupen und Böller, laute Musik aus den Radios etc.

Spätestens wenn sich Anwohner beschweren, müssen wir eingreifen. Auch Geschwindigkeitsübertretungen im großen Stil werden geahndet.«

Tarek zeigte durch Nicken sein Verständnis, dann wartete er auf die Fortsetzung der Erklärungen.

»Planen Sie ein Feuerwerk?«, wollte der Polizist wissen.

Tarek gedachte weiteren Fragen zuvorzukommen und schilderte in kurzen Worten den geplanten Ablauf der Feier: »Die Festlichkeiten sollen am späten Nachmittag beginnen.

Die Unterbringung der Gäste erfolgt für auswärtige Personen in einem Hotel fußläufig zur Festhalle. Es gibt einen Champagnerempfang, ein festliches Menü, hinterher Tanz mit einer arabischen Kapelle. Um Mitternacht haben wir tatsächlich ein Feuerwerk vorgesehen. Danach geht das Fest drinnen weiter. Wir wollen kein Ende vorgeben.«

»Dann denken Sie bitte an die Anmeldung der Kapelle und des Feuerwerks. Da gibt es Auflagen. Der Wirt kann Ihnen bei deren Erledigung helfen. Unwissenheit schützt nämlich vor Strafen nicht.«

122

Tarek zeigte sich bis zum Schluss des Gespräches höflich und kooperativ. Die Beamten verließen sein Haus mit dem Gefühl, sie hätten alles richtig gemacht. Allerdings hatte sie die vorgefundene Prachtentfaltung überrascht. Die Familie war in ihren Fokus gerückt. ...

Der Tag der Hochzeiten kam heran. Tarek und Nidal nahmen eine letzte Inspektion vor. Die Festhalle trafen sie in fantastischem Zustand an. Der prächtige Blumenschmuck begann schon vor der Eingangstür und setzte sich in den Vorhallen und dem Festsaal fort. Die Tische waren festlich eingedeckt. Die Menükarten waren, wie die Tischkarten, aufwendig gedruckt und vor den Sitzplätzen platziert. Die Kellner und Servierfräuleins trugen festliches Schwarz-weiß. Die Gäste konnten kommen. ...

Am Nachmittag war der Himmel leicht bedeckt, aber es blieb warm. Der Parkplatz an der Festhalle hatte sich schon mit Nobelkarossen gefüllt. Eine lange Reihe von festlich gekleideten Menschen staute sich vor dem Eingangstor. Drinnen in der Vorhalle warteten die zwei Ehepaare auf die hereinströmenden Gratulanten.

Die beiden Ehefrauen leuchteten in unschuldig weißen, langen Seidenroben. Keine der anwesenden Frauen durfte sie ausstechen, und keine tat es. Die Bräutigams trugen Smoking. Auf einem Tisch neben den Paaren häuften sich Umschläge mit Geldgeschenken. Es war nicht zu erkennen, ob sie nur dickgefüttert oder prall vor Geldscheinen waren. Der Raum war voller Stimmen und Lacher. Serviermädchen hielten den Gästen, die die Gratulation schon hinter sich hatten, Champagnergläser entgegen. Ihr Angebot wurde gerne angenommen. Das prickelnde Gold floss in Strömen. Besonders die Frauen bewunderten den prächtigen Blumenschmuck. Sein Duft war betörend und ließ die Parfums der Weiblichkeit zweiter Sieger sein.

Das Stehen in der Vorhalle wurde nicht unnötig ausgedehnt. Mit einem goldfarbenen Gong forderte der Oberkellner die Gäste auf, in den Saal zu treten. Drinnen fragte man sie nach ihren Namen und nannte dann die

Tischnummer ihres Tisches, auf dem sie nochmals als Kennzeichnung stand. Gedämpfte Musik waberte durch den Raum.

Zwischen der Vorspeise und dem ersten Gang sprachen die Brautväter. Nach dem nächsten Gang meldeten sich die beiden anderen Väter zu Wort. Vor dem Dessert sprachen noch die Trauzeugen.

Das Essen war gut und reichlich. Es hatte eine traditionell arabische Note. Dazu tranken die Muslime ohne Bedenken weißen und roten Wein.

Nach dem Essen suchte man Belebung bei einem pechschwarzen, starken Kaffee. Dann wurde die Musik schrittweise lauter. Die Brautväter eröffneten mit ihren Töchtern den Tanzreigen. Bald war der Saal von wiegenden Körpern gefüllt, der Geräuschpegel war hoch.

Man amüsierte sich bestens. Kurz vor Mitternacht wurden nochmals Champagnergläser verteilt. Die großen Fenstertüren des Saals wurden geöffnet. Die Gäste wurden für das Feuerwerk nach draußen gebeten. Erste Böller ließen erahnen, was nun kam. Die ersten Raketen zündeten in den Farben des ungeliebten Herkunftslandes Türkei in Rot-weiß. Es folgten die Farben des Libanon: Rot-weiß-grün. Das Beuteland Deutschland fand keine Berücksichtigung. Arabische Musik tönte aus dem Saal und vermischte sich mit dem Krachen der Leuchtkörper. Das Feuerwerk dauerte über eine halbe Stunde.

Einige der Frauen froren schon leicht und waren froh, als es wieder zurück in den Saal ging. Dort feierte man bis früh morgens um fünf. Die beiden Hochzeitspaare wurden in funkelnden Luxuslimousinen vor ihr Hotel gefahren und durften sich in ihren Suiten auf die Hochzeitsnacht, die nur kurz werden würde, freuen. Es sollte für sie ein unvergesslicher Tag bleiben. …

Die Polizei hatte mit der Veranstaltung wenig Ärger. Fast alles verlief in geordneten Bahnen. Nur ein Porschefahrer wurde bei der Ankunft herausgefischt. Er hatte an seinem »Geschoss« zu viele unerlaubte tech-

124

nische Veränderungen vorgenommen. Zwei Beamte der lokalen Polizei unterbanden die Weiterfahrt und stellten den Wagen sicher. Der Fahrer machte ein großes »Bohei« und wollte wenigstens die 11.000 DM mit sich nehmen, die in einem Umschlag im Handschuhfach lagen. Die Beamten wollten das Geld konfiszieren und zunächst seine Herkunft klären. Schließlich ließen sie sich überzeugen, dass es ein Geldgeschenk für die Hochzeiter war.

Der Fahrer stieg mit seiner Frau immer noch maulend in den Wagen eines Freundes um. Sein Wagen wurde abgeschleppt. …

Erst auf der Heimfahrt kam es zu einigen gravierenderen Vorfällen. Jüngere, überdrehte Gäste mit grenzwertig Alkohol im Blut verursachten eine Rudelbildung auf der Autobahn. Mit erheblichen Geschwindigkeitsübertretungen und irrsinnigem Spurenwechsel fielen sie auf.

Die Autobahnpolizei zog die Rüpel aus dem Verkehr. Bei der anschließenden Überprüfung ging ihnen ein mit Haftbefehl gesuchter Mann ins Netz. In seiner Kofferkammer fand sich ein verbotenes Einhandmesser und ein Schlagstock. …

Im selben Jahr richtete ein Ehrenmord erneut die Aufmerksamkeit auf den Clan. Die junge Türkin Gülesen Rashid war in Deutschland geboren. Sie hatte mit ihrer Familie in Berlin gewohnt. Ihre Eltern erzogen sie streng und traditionell. Das traf bei der jungen Frau bald auf Widerstand. Sie wollte nach deutscher Sitte leben, ohne Kopftuch, die Haare offen und freizügig im Umgang mit Männern. Der Vater setzte ihr deutlich die Grenzen. Mit siebzehn Jahren wurde sie einem Cousin in der Türkei als Frau versprochen. Das war für Gülesen nicht hinnehmbar.

Zwei Jahre zog sich der Streit in der Familie hin, dann flüchtete Gülesen aus dem Schoß der Familie. Sie wollte ein westliches Leben führen. In Essen fand sie eine ältere, verständnisvolle Türkin, die ihr eine Anstellung als Auszubildende zur Krankenschwester besorgte. Sie war nun allein für sich verantwortlich und selbstständig.

Gülesen arbeitete fleißig und genoss das freie Leben in vollen Zügen. Bei einer ihrer abendlichen Vergnügungen lernte sie Memnun Temiz kennen, den vorbestraften Drogendealer aus dem Clan. Die beiden kamen sich näher. Sie wussten, dass sie verbotenes Terrain betraten. Für ihre Familie war Gülesen durch Ehrenwort an ihren Cousin vergeben, und jeder weitere Kontakt zu einem Mann galt als Schande. Der Clan hingegen verbot seinen Mitgliedern geschlechtlichen Umgang mit Türken. Die hatten die Mhallami schließlich schon in der Heimat unterdrückt.

Aber das junge Paar folgte seinem Trieb und missachtete diese Tabus. Bald hatten sie Sex. Besonders Gülesen praktizierte den stets unter Angst. Sie wusste, dass eine Entdeckung ihren Tod bedeuten würde. Immer wieder brachte sie die ausweglose Situation zur Sprache. Memnun hielt trotzig dagegen: »Kannst du dir überhaupt vorstellen, wie verrückt ich nach dir bin?«

»Ich kann das, aber ich weiß nicht, ob ich dir wirklich weiter nachgeben soll. Meine Familie bringt mich um, wenn sie das entdeckt. Die Familie und ihr Wille geht über alles.«

»Lass dich einfach fallen. Deine Familie muss nichts wissen«, flüsterte er ihr ins Ohr.

»Nach unserer Tradition bin ich durch das Blut an die Familie gebunden.«

»Da habe ich eine ganz andere Sicht: Die Bindung an die Familie besiegelt nur das Geburtswasser. Wir könnten unseren Pakt mit Blut besiegeln. Ich bin dazu bereit, und Blut ist dicker als Wasser!«

Er drängte sie sacht Richtung Schlafzimmer. Sie merkte, wie sehr sie ihn wollte, trotzdem wehrte sie sich immer noch leicht. Dann fühlte sie unter sich den dunkelblauen Seidenstoff des Lakens. Er hatte sein Hemd ausgezogen, und sie sah die muskulösen Rundungen seiner Schultern und, dass sein gesamter Oberkörper mit dunklem Haar bedeckt war. Ein Streifen dicht gelockter Haare führte aus seinem nach unten gerutschtem Hosenbund bis zum Nabel hinauf. Das wirkte animalisch auf sie, und sie wurde zwischen den Schenkeln bereit.

126

Ihm blieb ihre Gemütsänderung nicht verborgen. Er begann, sie auszukleiden. Selbst seine dunklen Augen zogen sie aus. Sein Zeigefinger zog eine Linie von ihrem Nabel abwärts Richtung Scham. Ihr Herz wummerte wild. Sie senkte den Blick und ließ es wieder mal willig mit sich geschehen. Er schob sie auf die Mitte des Betts und zog ihren Slip herab. Sie half ihm dabei, indem sie ihren Po anhob. Das Höschen glitt ihre Beine hinab und blieb an ihrem linken Fuß hängen, bis sie es abschüttelte. Sie streckte sich und lehnte sich auf dem Bett zurück. Ihre Beine öffneten sich wie von selbst. Sie spürte feuchte Küsse auf ihrem Bauch, den Hüftknochen und schließlich auf der Scham. Ihr Blut fuhr schneller durch die Adern und Hitzewallungen schossen bis in ihren Schoß. Sie stöhnte auf und zog ihn an sich. Er drang in sie ein. Seine Stöße kamen in Wellen, und sie spürte sein Gewicht auf sich kaum noch. Ihr war, als würden sie schweben. Es wurde eine Explosion, als sie mit einem spitzen Schrei endlich kam. Nahezu gleichzeitig ergoss Memnun sich in sie. Alle guten Vorsätze, abstinent oder wenigstens vorsichtig zu sein, waren über den Haufen geworfen.

»Wir scheinen unsere Probleme immer nur im Bett lösen zu können«, flüsterte er ihr ins Ohr.

Gülesen fing leise an zu weinen. ...

Der Krug ging so lange zum Brunnen, bis er brach. Eines Tages entdeckte Memnuns Bruder die beiden in einer Tanzbar. Er blieb dabei unbemerkt. Dort küssten und berührten sie sich. Das war in seinen Augen schamlos. Er machte sich über die junge Frau kundig. Als er hörte, dass sie Türkin war, die in so jungen Jahren in der Stadt ohne Familie lebte, gingen bei ihm die Alarmglocken an. Er beschloss, seine Mutter zu informieren. Das fiel ihm leichter, als den gestrengen Vater anzusprechen. Aber auch seine Mutter wurde zur Furie und nahm sich Memnun hart vor.

Nachdem der sich nicht zum Einlenken bewegen ließ, seine Mutter gar verspottete, forderte die ihren jüngeren Sohn auf, diese »Hure« aus dem Weg zu schaffen. Er versprach es ihr. Doch er wollte sich die Finger nicht selbst schmutzig machen und besann sich auf einen Umweg. Mit einigen Finten bekam er heraus, von wo Gülesen geflohen war und wo ihre Familie wohnte. Er setzte ihren Bruder Ali auf Gülesens Spur. Der Familienrat entschied sich für den Ehrenmord. Ali wurde damit beauftragt. Der Vater besorgte ihm eine Pistole. …

Für Ali wurde die Aufgabe zur Frage der Ehre. Er fühlte kein Mitleid, trieb sich vielmehr zur Eile an. Schon binnen Wochenfrist reiste er nach Essen. Er wusste, wo Gülesen wohnte und spähte zunächst ihre Gewohnheiten aus. Schnell wurde klar, dass sie jeden zweiten Abend erst spät vom Dienst im Krankenhaus zurückkam. Für die Tat wählte er ihre Rückkehr in der Nacht.

Im Hauseingang des Nebenhauses, der unbeleuchtet war, lauerte er ihr auf. Gülesen kam müde und völlig ahnungslos auf ihn zu. Emotionslos hob er die Pistole, zielte kurz und gab zwei Schüsse ab. Schon der erste war tödlich und traf die junge Frau mitten ins Herz. Gülesen taumelte auf den Belag des Gehwegs und versank im ewigen Dunkel. …

Ali folgte seinem Instinkt und floh sofort in die Dunkelheit. Er war jedoch so überdreht, dass er die Pistole in der Hand behielt, schließlich war es sein erster Mord gewesen. Im Lichtkreis einer Straßenlaterne lief er einer Polizeistreife in die Arme. Sie stoppte ihn. Er benutzte seine Pistole nicht, sondern ergab sich kampflos. Er wurde abgeführt und hatte dabei keinerlei Schuldgefühle.

Als Memnun von Gülesens Tod erfuhr, war er sich sicher, dass der von einem Mitglied seiner Familie verschuldet worden war. Sein Bruder gab seinen Verrat schließlich unumwunden zu. Nur eine hauchdünne Wand trennte Memnun davor, zur Tötungsmaschine zu mutieren. Doch seine lebenslange strenge Erziehung bremste ihn ein. Respekt und Gehorsam gegenüber der Familie gewannen trotz der Rachegefühle die Oberhand. Aber das wenige, was in seinem Inneren noch weich geblieben war, verdorrte. Alles an und in ihm war nun hart und sollte sein weiteres Leben prägen. …

128

Zwei Monate nach der Tat wurde ein Verfahren gegen Ali eröffnet. Seine Familienmitglieder wurden der Beihilfe oder gar Anstiftung verdächtigt und wurden mehrfach verhört. Beweise brachte das nicht zu Tage.

Alis Familie saß nun im Gerichtssaal. Seine Mutter Suleika, eine kleine dickliche Frau, war hinter einem großen Kopftuch verborgen, hinter dem sie ihr Gesicht vor den Pressefotografen verbarg. Ihr Mann saß mit steinernem Gesicht neben ihr und schwieg. Er ließ sich von keinem Reporter zu einem Ausspruch verleiten.

Ali erhielt neuneinhalb Jahre Jugendstrafe. Doch er sollte schon nach der Hälfte der Zeit in die Türkei abgeschoben werden. Die Presse reagierte entrüstet und sprach von Islam- Rabatt.

Seine Familie hatte gegenüber dem Cousin noch eine Schuld zu begleichen. Der blieb in der Türkei. Seine Familie erhielt für das gebrochene Wort eine Entschädigung. ...

Auch gegen die Familie von Memnun wurde ermittelt. Man vermutete ihre Mitwirkung an der Tat. Man erhoffte sich speziell von Memnun eine entsprechende Aussage. Doch der ließ sich nicht dazu bewegen. Die Familie blieb auch dieses Mal eine Mauer des Schweigens.

Für ein Verfahren dienliche Beweise konnten nicht erbracht werden. Die Untersuchungen verliefen im Sand. Aber die Ermittlungen innerhalb der Familie machten die Schattenwelt wieder ein wenig lichter.

Tarek hatte das genau registriert, und es wurmte ihn sehr. Für ihre deutschen Mitbürger war das Sicherheitsgefühl von großer Bedeutung. Sie beurteilen es gerne nach der multimedialen Berichterstattung, und die wurde hinsichtlich der Migranten nicht besser. Eine dicke grüngoldene Fliege setzte sich vor ihn auf den Tisch und putzte sich. Er sah sie missmutig an, dann hob er in seinem Ärger ruckartig die Hand hoch und schlug sie tot. Es brachte ihm keine Erleichterung. ...

Die jährliche Zahl der arabischen Migranten, die in die Bundesrepublik kamen, blieb wegen des Bürgerkriegs im Libanon über diese Jahresspanne auf hohem Niveau. 1989 erreichte sie einen Spitzenwert. Dies hatte nichts mit dem Bürgerkrieg zu tun, sondern war den Veränderungen in Deutschland geschuldet. Im November 1989 fiel die Berliner Mauer und mit ihr die Kontrolle an der westdeutschen Ostgrenze. Die Flüchtlinge konnten ungehindert in die Bundesrepublik gelangen. Dieser Umstand änderte sich jedoch schon wieder mit dem Tag der deutschen Einheit am 3. Oktober 1990. Da übernahm der bundesdeutsche Grenzschutz die Kontrolle an der neuen deutschen Ostgrenze. Die Zahl der heranströmenden Migranten sank wieder spürbar.

Nach 1990 gelangen grundlegende Änderungen des Ausländergesetzes und Harmonisierungen des Asylrechts in allen Ländern der Europäischen Union. Das sogenannte Schengener Abkommen erfüllte die Aufgabe, ungewollte Flüchtlinge fernzuhalten. Es wurde davon gesprochen, dass »die Festung Europa« entstand. ...

1992 bis 2005
Der Zeitraum des familiären Unglücks

Die hohe Zahl der jährlichen Migranten war von den Clans mitverschuldet worden. Ihre Leute betätigten sich als Schleuser, denn sie hatten erkannt, wie profitabel dieses Geschäft war. Wenn sie die Flüchtlinge ins Land geschleust hatten, versuchten sie die auch noch an den Clan zu binden. Gern wurden sie als Kleindealer im Rauschgiftgeschäft eingesetzt. Doch langsam, aber sicher merkten sie, dass sie sich mit diesen »Ameisen« Nattern an die Brust geholt hatten. Im ganzen Land tönte zwischen den Clans das Alarmnetz. Einzelereignisse, über die man sich informierte, ergaben ein Bild großer Gefahr. Die »Ameisen«, hauptsächlich Iraker und Syrer der letzten Flüchtlingswellen, begannen sich selbst in kriminellen Vereinigungen zu organisieren und wurden für die alteingesessenen Clans zur existenzbedrohenden Konkurrenz. Die neuen Gegner erwiesen sich als besonders durchsetzungsstark und gewalttätig. Belege dafür mehrten sich:

1992 erschossen zwei neu angekommene Syrer, die nur kurz für eine Clanfamilie gearbeitet hatten, in Berlin-Schöneberg einen Clanbruder. Die Täter wurden nicht gefasst, aber beim Durchsuchen der Wohnung des Toten fanden Polizisten ein Verkaufsdepot für Heroin und mehrere libanesische Blanko-Geburtsurkunden.

Es lag nahe, zu vermuten, dass die Urkunden zum Einschleusen von Flüchtlingen bestimmt waren und der Mord die Stellung der Neuen im Drogengeschäft sichern sollte.

In der Sonnenallee, die in den Berliner Bezirken Neukölln und Treptow-Köpenick gelegen war, eröffneten noch im selben Jahr neue Migranten neben Schnellrestaurants und Falafel-Buden, mit denen die alten Clans Geld gescheffelt hatten, auf den europäischen Geschmack getrimmte Lokale, die sich erfolgreich mit »syrischer Küche« in Konkurrenz setzten.

Cihan Abdul hatte in Essen in der Gegend Kreuzkirche mit einer anderen Methode ähnlich Erfolg. Er eröffnete den Hähnchengrill »Chicken-Town«. Der Imbissraum wurde bis zur Decke weiß gekachelt. Das sorgte für den zuhause gewohnten Lärmpegel! Der Schall schlug von den Wänden zurück. Einfache Tische mit Resopalplatten und dazu passende Stühle waren leicht abwaschbar und wirkten adrett. Der Preis seiner Hähnchen war unschlagbar. Als Geduldeter konnte er das Lokal nur über einen Strohmann betreiben. Er schöpfte bei den Rashdiye und ihren Lokalen erhebliche Umsatzanteile ab.

Die Gebiete der Drogendealer mussten auch hier gegen die Neuen geschützt werden: In Essen-Katernberg schoss 1994 ein Clanmitglied als Machtdemonstration einem unerwünschten Eindringling auf offener Straße in den Fuß und flüchtete.

Er konnte nicht gefasst werden. Im Milieu war Schweigen Gesetz. Der Verletzte war zwar nicht mehr einsatzfähig, doch sein Bruder gierte nach Rache. Er sah sich nach der Scharia sogar zur Vergeltung verpflichtet. In solchen Fällen hielten es die Banditen mit dem Islam.

Nach einer Anstandsfrist von wenigen Wochen schoss er den Täter in den Oberschenkel. Mit einem Dumm-Dumm-Geschoss zerfetzte er die Hauptader und sein Opfer verblutete.

Diese Teilmantelgeschosse hatten den Bleikern an der Spitze nicht von Mantelmaterial umschlossen, sondern das weiche Blei lag frei. Durch den starken Aufprall beim Eindringen in den Körper zerlegt sich das Geschoss vollständig in Einzelteile und richtet katastrophale Verletzungen an.

Der infame Schütze floh vom Tatort und niemand konnte ihn später der Polizei beschreiben.

Die Mauer der Angst und des Schweigens stand perfekt.

Die Neuen machten sich auch an die Mädchen des Clans heran. Einige von denen sahen das sogar gern. Die Auswahl an interessanten Männern wurde dadurch größer. Die Großfamilie hielt energisch dagegen. Die jungen Frauen wurden bedroht und geschlagen. Die Regeln der Familie mussten schließlich eingehalten werden. Affären mit Fremden waren verboten.

Auch gegenüber den Eindringlingen wurden die Clanbrüder handgreiflich. Zunehmend ließen sich die Mädchen, um der Bevormundung zu entgehen, vom Essener Jugendamt in Obhut nehmen. Ihr Widerstand gegen den eigenen Clan beeinträchtigte nicht nur dessen intaktes Gefüge, sondern richtete auch erneut die Aufmerksamkeit der Behörden auf dessen Gebaren in seiner Schattenwelt.

1995 wurde Said Aina, ein Rashdiye-Gangster, in einer Märznacht am Steuer seines Wagens mit zwei Schüssen in den Hinterkopf ermordet. Eine hohe Belohnung wurde ausgesetzt, doch die Verhaftung der Täter gelang erst 2005, und das nur durch Zufall. Der Syrer Kassem Arnaout erschien im Landeskriminalamt und wollte einen Ermittler sprechen.

Er beschuldigte seinen Bruder als Täter. Immer öfter bröckelte inzwischen der Zusammenhalt, und selbst im engsten Familienkreis herrschte Krieg.

Im Oktober 1998 überfuhr ein neunzehnjähriger Clanbruder einen aufmüpfigen Syrer am Potsdamer Platz in Berlin. Für den Mord verstieß er gegen alle denkbaren Verkehrsregeln und verletzte auch noch einen weiteren Passanten schwer. Ein anderer Fußgänger merkte sich seine Autonummer, und so konnte er zur Fahndung ausgesetzt werden. Doch statt einer Verhaftung traf ihn ein Gottesurteil: Als er wenige Wochen später mit seinem Bruder in eine Drogerie einbrach, musste das Duo vor einer Polizeistreife flüchten. Bei einer verwegenen Verfolgungsjagd rasten die beiden Verbrecher mit dem nicht auf sie gemeldeten Pkw in einen Baum und verstarben. Sie waren nicht einmal angeschnallt. Das galt unter ihnen als unmännlich. ...

Clanmitglieder, die der Kriminalität entsagten, wurden nicht zum Vorzeigesymbol für gelungene Integration.

Ahmad Natur al-Rashdiye zum Beispiel hatte es bis zum Essener Ratsherrn gebracht. Doch er wurde nach eigenem Bekunden immer wieder angefeindet, weil er den Zusatznamen al-Rashdiye trug.

Die Rashdiye wurden längst mit Kriminalität und Unrecht in Zusammenhang gesehen. Das traf auch ihn als ordentlichen Bürger.

Die Polizei reagierte auf diese unseligen Entwicklungen. Das Gebiet Essen-Altendorf wurde im Sinne des Polizeigesetzes als gefährlich und verrufen eingestuft. Die Beamten durften dort nun ohne konkreten Anlass Personen und Sachen kontrollieren. Das war auch dringend notwendig geworden. Politessen konnten nicht einmal mehr unbehelligt Strafzettel an Falschparker ausstellen.

Die jungen Wilden umringten sie und behinderten ihre amtliche Tätigkeit. Sie führten sich als Herren des Viertels auf. Erst durch unzählige Polizeieinsätze wurde die Ordnung ein Stück weit zurückgewonnen.

Die Rashdiye diskutierten diese nachteiligen Veränderungen offen in der familieneigenen Shishabar. Da die Bar öffentlich geführt wurde, zeigten sich dort auch bald ungebetene Gäste aus den Reihen der Neuen. Ihre Ohren waren mittlerweile überall. Laufpublikum war der Clan nicht gewöhnt. Aus der Bar konnte man diese Gäste aber nicht hinausprügeln. Sonst wäre sie sofort geschlossen worden.

Die Clanbrüder, im geringeren Maße auch die Clanschwestern, führten ihre Gespräche deshalb in Arabisch-Deutsch. Da konnten die Neuen noch nicht mithalten. Wenn die Brüder über Geschäfte sprachen, hieß es *Schnapp machen,* sich etwas verdienen. Wenn jemand unter ihrem Schutz stand, hieß das: *Er hat Rücken. Iz da* hieß: stehe zur Verfügung, *Khallas* stopp es, versuche es nicht noch einmal. So etwas konnten die Zugewanderten noch nicht verstehen. Trotzdem empfanden die Clanbrüder die Situation als *Jebiga,* als Scheiße, und verlegten erforderliche Gruppenkämpfe mit Messern, Totschlägern und Knüppeln nach draußen in die Dunkelheit.

Mit solchen Schlägereien auf offener Straße sorgten die Clans für Aufsehen und Angst bei der einheimischen Bevölkerung. Ihre Schattenwelt wurde immer transparenter und ihre anscheinende Unangreifbarkeit zum Ärgernis, das bekämpft werden musste.

1995 fiel das provisorische Gebetshaus an der Katernberger Straße einem Brandanschlag zum Opfer. Es wurde von türkischen Stadtbewohnern betrieben, stand aber allen Muslimen offen. Es war auch wieder die türkische Gemeinde, die mit den Vertretern der Stadt das Projekt eines Moscheeneubaus anging.

Die Suche nach einem geeigneten Grundstück hatte zunächst keinen Erfolg. Doch 1997 konnte endlich das VEBA-Gelände an der Schalker Straße erworben werden. Der Stil der Moschee wurde traditionell geplant: Das Minarett sollte 30 Meter hoch sein und nur 1,70 Meter Durchmesser haben. Die Kuppel wurde mit 15 Meter veranschlagt. Der Gebetsraum und die Empore sollten mehreren 100 Gläubigen Platz bieten.

Tarek gab, trotz seinem Ressentiment gegen alles Türkische, als Moslem eine bedeutende Spende für die Realisierung des Projekts hinzu. Er setzte diese Duftmarke, damit der Clan dieses Gotteshaus mitbenutzen konnte. Zwar kam die Hauptmaxime der Familie, nämlich das Stammesprinzip, aus vorislamischer Zeit, aber der Clan bezog sich durchaus auf die Regeln des Islams, wenn sie sich mit seinen Interessen deckten. So zum Beispiel Regeln für das Schlichten von Streitigkeiten und solche für die Begründung von kriminellen Geschäften.

Die Grundsteinlegung erfolgte am 2. November 1997. Der Islam sollte mit diesem Symbol, dem bald weitere Gotteshäuser bundesweit folgten, ein erkennbarer Faktor im Ruhrgebiet werden. ...

Schicksalsschläge ergaben sich allzu oft im engsten Familienkreis. Und sie trafen auch die Großen und Mächtigen. Im Sommer 1995 trat ein solcher ein:

Alia Omeirat war neunundsechzig Jahre alt. Sie hatte gerade lauwarm geduscht, sich abgetrocknet und cremte nun sorgsam ihren Körper. Als sie dies an der rechten Brust tat, stutzte sie. Die Berührung verursachte ein ungewohntes Gefühl. Sie verspürte eine Verhärtung im Inneren. Die begann direkt unterhalb der Brustwarze. Als ihre Hand weiter strich, bemerkte sie auch noch eine deutliche Schwellung neben dem Brustbein. Alia beschlich Angst. Befiel sie eine schlimme Krankheit? Sie hatte keinerlei Kenntnis über Krankheiten in ihrer Familie. Über so etwas war nie gesprochen worden. Sie hatte auch nie Vorsorgeuntersuchungen vornehmen lassen. Sowas kannte man in ihren Kreisen gar nicht.

Wenn eine Krankheit einem zuflog, war dies von Allah gewollt, als Strafe oder als Prüfung, so dachte man. Alia hatte noch nie in ihrem Leben etwas für ihre Gesundheit getan. Nun war sie sich sicher, sie musste einen Arzt zurate ziehen, am liebsten eine Ärztin. Tareks Privatsekretärin half ihr, die richtige Ärztin zu finden. Alia hatte mit ihr einen recht freundschaftlichen Umgang. ...

135

Silvia Schmeißer wusste auch in ihrem Falle Rat. Sie empfahl ihr die eigene Frauenärztin, zu der sie seit Jahren zur Vorsorge ging.

»Bei ihr sind Sie gut aufgehoben«, erklärte sie.

Alia bat sie, einen Termin für sie zu vereinbaren und vergatterte sie, nichts gegenüber Tarek zu verlautbaren. Sie wollte ihn nicht unnötig beunruhigen, sondern selbst erst einmal Klarheit gewinnen.

Frau Dr. Eleonore Schwarz hatte als Frauenärztin einen untadeligen Ruf in der Stadt. Schon drei Tage später bekam Alia bei ihr einen Untersuchungstermin. Mit gemischten Gefühlen machte sie sich auf den Weg zur Praxis. …

Frau Dr. Schwarz war in ihrem Wesen sehr angenehm. Sie hatte sofort gemerkt, wie unruhig ihre neue Patientin war. Ihr gelang es mit ruhigen Erklärungen, sie etwas zu beruhigen. Schließlich bat sie Alia, ihren Oberkörper freizumachen. Sie begann mit der palpatorischen Untersuchung und tastete die Brustdrüse und die regionären Lymphabflussgebiete ab. Sie erfühlte dabei eine Knotenbildung und auch eine Schwellung der lymphatischen Regionen.

Ihre Kommentierung fiel sehr behutsam aus:

»Es ist gut, dass Sie zu mir gekommen sind. Wie Sie selbst habe auch ich bei Ihnen Unregelmäßigkeiten ertastet. Doch wir brauchen für einen endgültigen Befund noch mehr Klarheit. Ich möchte Ihnen zur Abklärung eine Mammografie verordnen.«

»Was muss ich mir darunter vorstellen?«, fragte Alia ängstlich.

»Um eine Brustkrebserkrankung festzustellen oder lieber auszuschließen, ist eine Mammografie zurzeit die einzige als wirksam anerkannte Methode. Die Mammografie ist eine Röntgenuntersuchung der Brust und wird von speziellen Röntgenärzten vorgenommen. Dahin werde ich Sie überweisen.›Mamma‹ ist übrigens der medizinische Fachausdruck für Brust.«

136

Alia ergab sich ihrem Schicksal. Zum Abschluss vereinbarte Frau Dr. Schwarz mit ihr in fünf Tagen einen erneuten Besprechungstermin über den Befund der Untersuchung. Jetzt hieß es nur noch warten. …

Als Alia der Ärztin wieder gegenüberstand, erkannte sie an deren ernstem Gesichtsausdruck, dass über etwas wenig Schönes zu sprechen war. Die Ärztin hielt mit der Nachricht nicht lange hinter dem Berg.

»Meine vage Befürchtung hat sich leider bestätigt. Die Diagnose lautet eindeutig auf Brustkrebs. Nun ist es wichtig, dass Sie schnell in beste Hände gelangen.«

Alias Atem wurde kalt, aber sie fasste sich schnell wieder. »Was würden Sie empfehlen, Frau Doktor?«, flüsterte sie.

»Ich habe vor einiger Zeit in Köln auf einem Ärztekongress zu diesem Thema einen Professor gehört und kennengelernt. Er heißt Professor Dr. Erwin Glotterer und gilt als Koryphäe auf seinem Gebiet. Er praktiziert zurzeit in Zürich, in der Schweiz. Er hat dort im letzten Jahr die Leitung des neu eröffneten OnkoZentrum Zürich im Park übernommen. Ich möchte Sie gerne dorthin empfehlen. Ich sehe mich in der Lage, Ihnen zu einer schnellen Behandlung durch diesen Professor zu verhelfen.«

Alia ergab sich ein weiteres Mal in ihr Schicksal.

Sie dachte allerdings mit Schrecken daran, dass sie nun Tarek einweihen musste. Sie konnte es nicht weiter hinauszögern. Ihr Geständnis traf Tarek wie ein Blitz. Er fand zunächst keine Worte. Dann ging er auf sie zu und umarmte sie. Die Umarmung stimulierte ihn, zu kämpfen und auch Alia zum Kampf zu bewegen:

»Mein Schatz, jetzt bist nur noch du in meinem Leben wichtig. Wir haben schon oft gemeinsam gekämpft und vieles erreicht. Wir werden dies wieder tun und siegen. Ich werde mit dir nach Zürich fliegen. Es wird bestimmt alles gut.«

Alia weinte leise in seinen Armen, aber sie nickte. Sie war froh, nicht mehr allein zu stehen. Tarek würde ihr eine Stütze sein. …

137

Um sich abzulenken, nahm Tarek die Planung der Reise akribisch in die eigene Hand. Alles sollte nur vom Besten sein. Er umgab Alia mit einem Kokon aus Fürsorglichkeit, und sie genoss das. Das hatte sie so noch nie erlebt. Sie verspürte keine Schmerzen, und so gelang es ihm immer öfter, sie von den schlechten Zukunftsaussichten abzulenken.

Tarek buchte in einem der besten Häuser der Stadt eine Suite. Das Hotel Savoy Baur en Ville adressierte mit Poststrasse 12 und lag gegenüber einer Straßenbahnhaltestelle im Einkaufs- und Finanzviertel.

Der Fluss Limmat war fußläufig in fünf Minuten zu erreichen, und auch zum Opernhaus am Zürichsee benötigte man nur zwölf Gehminuten. Das OnkoZentrum befand sich in ähnlicher Distanz, allerdings auf der zur Oper gegenüberliegenden Seite des Sees.

Der Flug von Düsseldorf verlief ohne Probleme. Mit dem Status einer Aufenthaltsgenehmigung fielen Hindernisse fort. In der ersten Klasse fliegen! So luxuriös waren beide noch nie gereist. Tarek verfluchte sich insgeheim, dass sie so etwas nun erstmals erlebten, wo es um eine so schlimme Sache ging.

Sicher landeten sie in Zürich-Kloten. Das Wetter war gut. Vom Flughafen aus nahmen sie ein Taxi zum Hotel. Die Fahrt dauerte etwa zwanzig Minuten. Es herrschte viel Verkehr. Als sie die Innenstadt erreichten, kamen beide aus dem Staunen nicht heraus, was für ein Unterschied zu Essen! Selbst Düsseldorf, das sie beide kannten, hatte nach ihrem Geschmack keinen vergleichbaren Charme zu bieten.

Obwohl das Hotel alle Annehmlichkeiten bot und viel zu betrachten war, machten sie sich mit einem kleinen Wegweiser für die Innenstadt, den der Portier ihnen überließ, auf den Weg. Sie wollten an der Luft sein. Sie folgten der Empfehlung aus der Rezeption und gingen die Bahnhofstraße herauf und herunter. Die Auslagen waren überwältigend, wenngleich teuer. Doch Geld sollte nach Tareks Worten keine Rolle spielen. Wenn

138

Alia etwas gefiel, versuchte er es ihr regelrecht aufzudrängen. Doch sie blieb, wie sie immer war, pragmatisch und bescheiden. Sie schlug seine Angebote mit den Worten aus: »Mein Lieber, ich möchte mich mit solchen Dingen nicht beschweren, bevor ich nicht weiß, wo ich dran bin.« Tarek war betroffen und schluckte schwer.

Zur späten Mittagszeit wählten sie die Richtung zum Fluss. Sie wollten zum Münsterhof, einem Platz im Lindenhof-Quartier der Altstadt. Dort hatte der Portier Tarek das Zunfthaus zur Waag empfohlen.

Das blau gestrichene Haus mit seinen vielen Friesen und der gediegenen hölzernen Eingangstür machte schon von außen einen wunderbaren Eindruck. Der Speisesaal mit seiner dunklen Holzdecke, den schweren Leuchtern und den Butzenscheiben mit Wappenbildern darin lag in friedlichem Licht und war nur mäßig gefüllt. Die Mehrzahl der Gäste bevorzugte wohl den abendlichen Besuch. Doch für diese Zeit hatte Tarek Opernkarten besorgt. ...

Der Oberkellner führte sie zu einem Tisch für zwei Personen, der direkt unter dem Fenster stand. Die Stühle waren im gleichen Blau gepolstert wie der Außenanstrich des Hauses. Die Atmosphäre war angenehm, der Service zuvorkommend und die Schweizer Spezialitäten kamen delikat zubereitet auf den Tisch.

Sie hatten vorab einen »Nüsslisalat« gewählt. So hieß in der Schweiz der Feldsalat. Als Hauptgang folgte Schweizer Geschnetzeltes mit Rösti. Tarek ließ sich dazu einen Rotwein von den Reblagen am nördlichen Ufer des Genfersees empfehlen. Sie genossen den Villeneuve Merlot Apicius Clos du Châtelard, Charles Rolaz, Hammel SA bis auf den letzten Tropfen. Zum Abschluss gaben sie sich mit einem doppelten Espresso zufrieden.

In der Oper wurde am Abend la Bohème gegeben. Auch ein Opernbesuch war für beide eine Premiere. Um ihn frisch zu erleben, gingen sie den kurzen Weg ins Hotel zurück und ruhten sich in ihrem Zimmer ein wenig aus. Auf ein Abendessen verzichteten sie und gaben sich mit einem kleinen Imbiss in der Oper zufrieden. Das altehrwürdige Haus nahm sie mit seiner Prachtentfaltung ein. Viel Stuck, kolossale Deckengemälde, Goldverzierung und mächtige Kristallleuchter machten sie atemlos. Die Aufführung erlebten sie in italienischer Sprache mit deutschen und englischen Übertiteln. Die traurige Geschichte um die jungen Näherin Mimi wurde beiden verständlich. Sie hatten den Inhalt der Oper in einer kleinen Broschüre nachgelesen. Alia wurde von der Intensität der Musik zu Tränen gerührt. Es war sehr bewegend, als die lungenkranke Frau zum Schluss in einer trostlosen Mansarde, aber umgeben von Freunden und in den Armen von Rodolfo ihr Leben aushauchte.

Sie verließen das Haus in beklommener Stimmung und gingen still zum Hotel zurück. Vor dem Einschlafen dachte Alia für sich: Er verwöhnt mich, als stände mein letztes Stündlein bevor. Fast wie bei dieser Mimi. In der Nacht trübte die Frage ihren Schlaf, was die nächsten Tage in der Klinik bringen würden. ...

Am Vormittag darauf begleitete Tarek Alina mit dem Taxi in die Klinik. Dort sollte sie drei Tage untersucht werden. Es graute ihn jetzt schon vor dem Alleinsein im Hotel. Er trug ihr Gepäck bis zur Rezeption des Hospitals. Dort nahmen sie Abschied. Er drückte sie noch einmal fest an sich, ersparte ihr aber tröstende Worte.

Sie gingen still auseinander.

Professor Dr. Erwin Glotterer war mittelgroß und wirkte asketisch. Seine weißgrauen Haare und die randlose Brille vermittelten ihm einen harten Zug, der ihm gar nicht zu eigen war. Sein Empfang fiel sehr verbindlich aus. Er hatte die Befunde von Frau Dr. Schwarz vorliegen und ausgewertet. Nun erklärte er Alia mit ruhiger Stimme und sehr verständlich, was er zu tun gedachte.

»Dass bei Ihnen Brustkrebs vorliegt ist unzweifelhaft.

Ich möchte durch einige Untersuchungen klären, in welchem Stadium er sich befindet. Wir müssen wissen, ob er schon metastasiert hat.«

140

»Sind diese Untersuchungen mit Schmerzen verbunden?«, wollte Alia wissen.

»Davor brauchen Sie keine Angst zu haben.

Aber wir benötigen genaue Informationen über den Stand. Wenn der Brustkrebs schon gestreut hat, dann bestimmt in Knochen, Lunge und Leber. – Kann ich übrigens mit Ihnen Klartext sprechen?«

Alia nickte, sah ihn mit großen Augen an und wartete darauf, dass er fortfuhr.

»Nun dann: Hat der Krebs schon im Körper gestreut, so kann man ihn nicht mehr vollständig entfernen. Eine Operation würde Ihnen in diesem Fall keine Vorteile bringen. Sie würde zur unnötigen körperlichen Belastung.«

»Was bliebe denn dann noch zu tun?«

»Noch ist es nicht so weit, gnädige Frau. Aber ich gebe Ihnen gerne die Antwort darauf: Wenn körperliche Beschwerden einsetzen, könnten wir versuchen, sie zu unterdrücken. Auf jeden Fall ließen sie sich mindern. Wir würden versuchen, das Krebswachstum zu verlangsamen, Ihre Lebensqualität möglichst hoch zu halten und Ihr Leben zu verlängern. Das sind alles vernünftige Gründe, nicht aufzugeben.«

»Was kommt dabei auf mich zu?«

»Brustkrebs wächst verstärkt unter dem Einfluss weiblicher Hormone. Es gibt Medikamente, die diese Hormone ausschalten. Mit einer gezielten Chemotherapie können wir sogar bösartige Zellen zerstören. Dafür müssten Sie allerdings dann noch körperlich stark genug sein.«

»Die gesamten Maßnahmen zusammen werden mich aber doch recht schnell schwächen«, hielt Alia dagegen.

»Das sehen Sie richtig. Deshalb rate ich wie die meisten Kollegen, eine Anti-Hormon-Therapie und eine Chemotherapie nicht gleichzeitig anzusetzen. Die schädlichen Nebenwirkungen verstärken sich. Jede Anwendung verursacht andere. Es kommt übrigens immer auf den Einzelfall an. Ergibt ein Test, dass bei einem Patienten bestimmte Antikörper besonders ergiebig gegen die Krebszellen wirken, so entscheidet man sich für deren Einsatz. Wir kennen auch gezielte Bestrahlungen gegen die Schmerzen in den Knochen.«

Im Kopf von Alia begann es zu schwirren, doch immer noch hatte sie Fragen: »Sie sprachen vorhin von schädlichen Nebenwirkungen. Sind unter diesem Gesichtspunkt solche Verzögerungen des Krankheitsverlaufs überhaupt sinnvoll?«

»Viele der Nebenwirkungen kann man medikamentös behandeln. Es gibt Medikamente, die Übelkeit und Erbrechen verhindern. Auch Medikamente, die auf den ganzen Körper beruhigend wirken. Zum Schluss gibt es noch harte Schmerzstopper, wie zum Beispiel Morphium. Die Behandlung damit richtet sich nicht mehr gegen den Krebs, sondern nur noch gegen die Schmerzen. Sie müssen dem Arzt vertrauen. Aber es kommt immer der Moment, an dem die Endentscheidung nur noch bei Ihnen liegt.«

»Ich war mein Leben lang eine Kämpferin. Ich bin es mir und meiner Familie schuldig, auch jetzt zu kämpfen. Ich gebe mich bis zu diesem Moment in Ihre Hände«, sagte sie schlicht. Dann flackerte ihr Wissensdurst noch einmal auf und sie sagte: »Erklären Sie mir bitte noch, über was ich in der von Ihnen genannten Phase allein entscheiden muss oder kann.«

»Wenn der Körper zu geschwächt ist, kann der Patient auf alle gegen den Krebs gerichteten Anwendungen verzichten. Wenn er Medikamente nicht mehr verträgt, werden sie nach seinem Willen abgesetzt. Dem Arzt verbleibt dann nur noch die Aufgabe, die Folgen der Krankheit, die Schmerzen wirksam zu behandeln. Die passende Behandlung zu finden ist schon schwierig genug. Für den Findungsprozess spielen die Ziele des Patienten eine herausragende Rolle. Ich beschränke mich in diesem Stadium darauf, ausführlich zu beraten, Folgewirkungen aufzuzeigen und entsprechende Vorschläge zu machen.«

Nun gab sich Alia endlich zufrieden. Auf dem Weg in ihr Zimmer beschlich sie das Gefühl, dass sie miteinander so gesprochen hatten, als wäre der schlimme Zustand der Metastasierung bei ihr bereits nachgewiesen. Sie begann zu frösteln.

Alia saß angezogen und zurechtgemacht in ihrem Krankenzimmer. Sie wusste, dass heute Professor Glotterer mit ihr seine Untersuchungsergebnisse besprechen würde. Sie hatte die Tageszeitung vor sich liegen, war aber zu nervös, um sich auf deren Inhalt richtig zu konzentrieren. Dann ging endlich ihre Zimmertür auf und Professor Glotterer trat ein. Sie wollte aufspringen, doch der Arzt verhinderte dies: »Bleiben Sie bitte sitzen. Ich werde mich zu Ihnen setzen.«

Er legte einen Teil ihrer Krankenakte vor sich auf den Tisch. Dann sah er sie mitfühlend an. »Ich habe leider keine guten Nachrichten für Sie. Meine Befürchtungen haben sich bestätigt, Ihr Körper ist bereits metastasiert. Die von mir genannten Organe sind befallen. Die Hauptaufgabe, nämlich sie zu operieren, kann ich nicht mehr wahrnehmen. Sie macht leider keinen Sinn mehr.«

Alia zuckte zusammen, dann antwortete sie: »Was geschieht nun mit mir?«
»Ich habe bereits einiges vorbereitet, es braucht allerdings noch Ihre Zustimmung. Zunächst habe ich einmal einen Plan gefertigt für Ihre medizinische Unterstützung in der Folgezeit. Ich habe ihn auch schon mit Frau Dr. Schmeißer besprochen. Sie stimmte mit mir überein, dass diese Behandlung auch für Sie in Essen vorgenommen werden könnte. Wir gingen beide davon aus, dass Sie wieder zuhause, in gewohnter Umgebung und nahe Ihrer Familie sein wollen.«
»Ja, das entspricht unter den gegebenen Umständen meinem Wunsch.«
»Wollen Sie, dass ich noch mit Ihrem Mann spreche?«
»Nein, ich glaube, ich fühle mich in der Lage, ihn selbst zu informieren. Das scheint mir persönlicher und ist ihm bestimmt lieber, ich kenne meinen Mann.«
»Dann werde ich alles für Sie vorbereiten. Ich bedaure zutiefst, dass

ich kein günstigerer Bote war. Aber seien Sie versichert, wenn in Essen nochmals Fragen auftauchen, bin ich gerne mit Rat und Tat zur Stelle. Ich darf mich dann empfehlen.«...

Als Alia im Savoy auf Tarek traf und ihm berichtete, reagierte der erschüttert. »Warum tut uns Allah das an? Womit haben wir dieses Übel verdient? Was haben wir falsch gemacht?« Seine Worte waren eine Anklage an ihren Gott.

Alia blieb ihm eine Antwort schuldig, sie berührte nur kurz seine Hand.

Das unglückliche Paar hielt nichts mehr in Zürich. Sie flogen so schnell wie möglich nach hause zurück. ...

Schon auf dem Rückflug hatte Tarek weit reichende Pläne für die verbleibende Zeit mit Alia geschmiedet. Er wollte nur noch für sie da sein. Er würde Nidal die Führung des Clans übergeben und sich zurückziehen. Er hielt diesen Entschluss zunächst für sich. Er wollte ihn erst mit Nidal und Firat bereden.

Das Gespräch der drei Männer endete überraschend. Nidal erwies sich ein weiteres Mal als treuer Ekkehard. Er war eben der geborene zweite Mann. Er wollte die Führung des Clans nicht übernehmen, sondern verwies auf Firat.

»Ich werde ihm treu zur Seite stehen«, beteuerte er.

Der tatkräftige Jüngere hatte keine Probleme, das Amt zu übernehmen.

Er und Nidal zeigten großes Verständnis für Tareks Entscheidung und teilten seinen Schmerz. Alia war durch Tareks Entscheidung tief angerührt. Sie ließ ihn das mit großer Zärtlichkeit spüren.

Die ersten Monate führte die Ärztin bei ihr eine Anti-Hormon- Behandlung durch. Sie schlug bei Alia gut an. Sie verspürte nach wie vor keinen Schmerz und durch die Medikamente auch kein Unwohlsein. Die daraus erwachsenden Hoffnungen waren trügerisch. Der nächste Test machte deutlich, dass die Metastasenbildung weiter fortgeschritten

144

war, wenn auch recht langsam. Alia erschien Dr. Eleonore Schwarz jedoch noch stark genug, um an den Wachstumsrändern der Metastasen gezielt die Chemotherapie anzuwenden, mit der Absicht, die weitere Zellteilung zu stören.

»Wir werden also die Behandlung wechseln«, erklärte sie ihrer Patientin, die das geduldig hinnahm.

Tarek hielt sein Versprechen und sie unternahmen nun täglich vieles gemeinsam. Er entwickelte immer neue Ideen, was Alia unbedingt noch erleben und sehen sollte. Er war selbst überrascht über seine eigene Neugier auf all dieses Neue. Doch ihm blieb nicht verborgen, dass seine Frau abnahm, immer schneller ermüdete und durchsichtiger wurde. Das setzte seinen Plänen bald Grenzen, aber rettete ihre gemeinsame Zeit immerhin über zwei Jahre. Dann wurde es ernst. Alia verspürten nun Schmerzen. Ihre Behandlung musste im Essener Krankenhaus fortgesetzt werden. Sie hatte die Phase erreicht, in der der Krebs nicht mehr mit Medikamenten zurückgehalten wurde. Stattdessen therapierte man nur noch ihre Schmerzen. Bald brauchte sie schon Medikamente, die auf den ganzen Körper wirkten. Die Tage des Sterbens begannen …

Das Schicksal von Alia sprach sich schnell rum. Viele im Clan wollten ihre Anteilnahme zeigen. In kürzester Zeit versammelten sich über siebzig Personen vor dem Krankenhaus. Die Polizei rückte an, um die Ordnung aufrechtzuerhalten. Sie gingen dabei behutsam vor, und so blieb die Lage entspannt.

In der Nacht machte ein Autocorso von Clanmitgliedern der Polizei dann doch Sorgen. Er bewegte sich zwischen der Villa der Omeirats und dem Krankenhaus hin und her. Mehrere Bürger hatten dies als Störung ihrer Nachtruhe empfunden und die Beamten herbeigerufen. Die taten ihren Job nur halbherzig, sie hatten Verständnis für die Trauernden. Erst als ein Fahrer in seinem Porsche an der Autoschlange vorbeiraste, in mehreren Radarfallen geblitzt wurde und auch noch zwei rote Ampeln überfuhr, griffen sie ein. Es kam zu einer halbstündigen Verfolgungsjagd, aber der verrückte Fahrer schüttelte sie ab. Das weckte ihren Zorn und sie reagierten von nun ab härter gegen jegliche Übertretung.

Wenig später kam ein Achtzehnjähriger in einem VW-Kastenwagen vor ihr Visier. Sie wollten ihn kontrollieren, doch der Kerl raste direkt auf einen Beamten zu und zwang ihn wegzuspringen. Der Polizist wurde an der Hand verletzt. Damit wurde durch den Amokfahrer die Schmerzgrenze der Beamten überschritten.

Zwei Streifenwagen nahmen seine Verfolgung auf. Nach wenigen Kilometern, nahe dem Krankenhaus, wurde sein Wagen gestoppt. Die Polizei nahm den Mann fest und durchsuchte seinen Wagen. Aus dem Kofferraum stellten sie einen Schlagstock und ein Messer sicher. Diese Funde sollten die Strafe erheblich erhöhen.

Was selbst ihre Ärzte nicht vorhergesehen hatten: Alia überlebte diese Nacht nicht. Nach einer Panikattacke setzte ihr Herz aus und niemand aus ihrer Familie war bei ihr. Was für ein kümmerlicher Abschied!

Mit der Toten konnte nicht einmal das Glaubensbekenntnis gesprochen werden. Wenigstens die rituelle Waschung wurde vorgenommen. Ramiye und Charda kamen herbei und nahmen sie vor.

Irgendwie drang die Nachricht von Alias Tod nach draußen. Vor dem Portal hatten über 100 Menschen immer noch in Sorge ausgeharrt. Die Polizei hatte die Ansammlung aus Respekt vor der Trauer nicht aufgelöst. Nun wurde geweint und gejammert. Als gegen 6:30 Uhr die Leiche der Clanmutter abtransportiert wurde, erhob sich das Gejammer zu einem Orkan. Dann zogen sich die Trauernden zurück. Es ging aber nicht nachhause, sondern zur Villa der Omeirats. Sie wollten dem Clanchef ihre Ehrerbietung zeigen und mit ihm trauern.

Es war Firat, der die Lage so entspannte, dass die Polizei nicht einschreiten musste. Er ließ das Tor zu der großen Gartenanlage öffnen und die Trauernden auf das Privatgrundstück strömen. Die Gefahr einer öffentlichen

146

Zusammenrottung war gebannt. Einige Bereitschaftspolizisten blieben vor Ort. Sie wollten präsent sein, wenn sich die Trauernden auflösten. Als diese später vom Privatgrundstück fortmarschierte, sorgten die Beamten dafür, dass dies in kleineren Gruppen geschah. Es genügten dafür friedliche Gespräche mit den Abziehenden. Nur wenige wurden von den Omeirats ins Haus gebeten.

Nach islamischen Regeln hatte die Beisetzung innerhalb von 24 Stunden zu erfolgen. Das erlaubte das deutsche Recht aber nicht. Es gestattete dies frühestens 48 Stunden nach dem Todesfall.

Auch die Forderung der Moslems, die Beerdigung ohne Sarg vorzunehmen, scheiterte an vielen Friedhofssatzungen. Einige Friedhöfe waren allerdings dazu übergegangen, die Bestattung in einem weißen Leinentuch gehüllt anstatt im Sarg zu erlauben. Die Bestattung musste allerdings auf einem gesonderten Grabfeld erfolgen.

Das Leichentuch, das sogenannte Kefen, war aus demselben Stoff, der von Pilgern während der Wallfahrt getragen wurde. Im Essener Ostfriedhof war eine solche Bestattung möglich, wodurch man aufkommende Tumulte vermeiden konnte. Man lebte inzwischen mit zu vielen Moslems zusammen, um ihren religiösen Sitten nicht Rechnung zu tragen.

Gegen 10:30 Uhr versammelten sich die ersten, circa achtzig Trauergäste, vor dem Hauptportal an der Saarbrücker Straße. Gegen 12 Uhr hatte sich die Trauergemeinde vollzählig eingefunden. Es versammelten sich über fünfhundert Personen. Alia war in den Kefen gehüllt und lag in einem Holzsarg. Es folgte die Freisprechung der Verstorbenen. Mit ihr wurden die Sünden verziehen und Alia durfte zum Grab getragen werden.

Zwei kräftige Männer hoben die Verstorbene im Kefen aus dem Sarg und legten sie in das Erdgrab. Ihr Gesicht musste gegen Mekka zur Kaaba blicken. Die Kaaba ist das zentrale Heiligtum des Islams, sinnbildlich das Haus Gottes. Bevor das Grab mit Erde aufgefüllt wurde, setzte man über den Leichnam noch ein Dach aus Holzbrettern, was ihn beschirmen sollte.

Tarek hatte der Bestattung seiner Liebsten mit unbeweglichem Gesicht beigewohnt. Sein Herz war hart geworden, er hasste Allah und die ganze Welt und verschloss sich jedem Gespräch. Die Bestattung nahm trotz der Menschenfülle einen friedlichen Verlauf. Erst vor dem Friedhofsportal musste einer der Trauernden in Haft genommen werden. Er bespuckte vor der Friedhofstür zwei Journalisten. Ihr wenig pietätsvolles Verhalten hatte ihn in Rage gebracht. …

Tarek durchlief Stufen einer schlimmen Wesensveränderung. Seine Stimmung war seit Wochen schon auf Tauchstation gewesen. Berufliche Enttäuschungen und private Ängste, seine geliebte Alia zu verlieren, kamen zusammen. Je mehr ihm bewusstwurde, wie einsam er mit ihrem Ableben wurde, umso mehr fiel er in eine tiefe Depression. »Einsam bist du sterblich, gemeinsam ewig«, ein Satz, der ihm mal zugeflogen war, kam ihm in den Sinn. Er hatte nichts gegen sein Sterben einzuwenden. Dann wäre er mit Alia wenigstens wieder im Tode vereint.

Tarek suchte gegen seine Gemütserkrankung keine Hilfe. Er zog sich immer mehr in sich zurück. Seine Umwelt blendete er aus. Er verweigerte jegliche Therapie, alle Medikamente und die Hilfsangebote seiner Familie und Freunde. Er wollte sie nicht. Niemand kam an ihn heran. Tarek haderte stattdessen mit sich selbst: Er hatte mitgewirkt bei der Vernichtung von Menschenleben. Er hatte nicht erkannt, wie leicht ein Leben vernichtet werden konnte. Er hatte keinen Dank dafür gezeigt, wie sehr er mit Alia und Firat von Allah beschenkt worden war. Allah hatte ihn für seine Gefühllosigkeit bestraft. Nun erfolgte bei ihm ein Umdenken. Er wollte ab jetzt den Vorgaben des Korans folgen. Nicht nur Regeln, die zu seinem früheren Geschäftsgebaren passten, sollten seine Maxime sein. Über Nacht wurde er innerlich einsichtig und äußerlich ein alter Mann. …

Firat trat erfolgreich in seine Fußstapfen. Er agierte sogar noch härter als sein Vater. Es gab Momente, an denen ihn der besonnene Nidal einbremsen musste. Aber dafür hatte der die Stellung des zweiten Mannes ja gewählt.

148

Die nächsten Jahre liefen schnell vorbei. Es geschahen Dinge, die in Deutschland die Angst vor Überfremdung und den Hass speziell gegen Moslems schürten. Der Terroranschlag am 11. November 2001 wirkte wie eine Initialzündung. Er traf nicht nur Amerika mitten ins Herz. Vier nahezu gleichzeitig entführte Passagiermaschinen zerstören kurz nacheinander die Zwillingstürme des World Trade Centers in New York. Eine Maschine stürzt auf einen Gebäudeflügel des Pentagons in Washington. Ein viertes Flugzeug zerschellte in der Nähe von Pittsburgh. ...

Am 20. März 2003 erklärte der amerikanische Präsident Bush in einer Fernsehansprache den Beginn des Irak-Kriegs. Noch am selben Abend wurde Bagdad aus der Luft bombardiert. Immer wieder spielte der Nahe Osten eine tragische Rolle im Weltgeschehen. ...

Die Welle der Gewalt dauerte bis zum Ende des Zeitabschnitts an. 2005 wurde Libanons Ex-Regierungspräsident Hariri ermordet. Im Irak rissen die blutigen Kämpfe nicht ab. Terroranschläge mit muslimischer Beteiligung sorgten in Ägypten, auf Bali, in Jordanien und in England für Tote. Der Prozess gegen Saddam Hussein begann 2006 und endete mit seinem Tod am Strang. Diese Ereignisse verschärften in Europa die Aversion gegen Fremde und schürten den Hass gegen Muslime. ...

2006 bis 2014
Unselige Allianzen

Trotz der bevorstehenden Fußballweltmeisterschaft in Deutschland, die die Bevölkerung in ein Sommermärchen versetzen sollte, berichtete die Presse auch wieder über schlimme Ereignisse in der arabischen Welt. Das Unwohlsein der deutschen Bevölkerung darüber wuchs ständig weiter an: Im Februar kam es in islamischen Ländern zu Krawallen und Massendemonstrationen gegen Mohammed-Karikaturen, die in dänischen Zeitungen abgedruckt worden waren. Im Juni wurde der meistgesuchte Terrorist im Irak, al-Zarqawi, getötet. Seine vielen Verbrechen wurden in schriller Form publiziert.

Im Juli marschierten Israelis im Libanon ein, nachdem zwei israelische Soldaten von der radikal islamischen Hisbollah getötet worden waren. Der Libanonkrieg begann erneut.

Im August stellte Europa 6900 Soldaten, darunter 2400 deutsche Marinesoldaten, für die UN-Friedensmission im Libanon ab.

Viele Muslime wollten ihren Glauben auch in Deutschland nicht mehr in Hinterhöfen verstecken, sondern weithin sichtbar zeigen. Über 160 Moscheen mit Minaretten und Kuppeln waren aus dem Boden gestampft worden. Weitere befanden sich im Bau. Viele Christen fürchteten diese Entwicklung im eigenen christlichen Heimatland. ...

Tarek hatte nach Alias Tod weitere Konsequenzen gezogen. Er überließ Firat und Charda seine Villa und zog sich selbst in ein bescheidenes Gartenhaus zurück. In dem konnte er im Grünen seine Gedanken schweifen lassen. Von dort kam er auch fußläufig in kürzester Zeit zum Grab seiner Frau. Diesen Spaziergang machte er oft. Am Grab fühlte er sich Alia näher als sonst wo. Wenngleich ihn überall die Gedanken an sie einholten.

Es gelang ihm trotz fester Absicht nicht ganz, sich aus dem Clanleben zurückzuziehen. Sein Name hatte in der großen Familie noch zu viel Gewicht. Wenn jemand richtige Probleme hatte, wandte er sich ratsuchend an ihn. ...

Firat hatte die Clanführung übernommen und hielt sie fest in der Hand. Trotz großer Spontanität war er auch analytisch. Er versuchte ein Puzzle von Strömungen zu ordnen, welches die Pfründe des Clans derzeit angriff. Mittlerweile schaute man immer häufiger auf die Missetaten des Clans. In dessen Schatten taten sich aber auch kriminelle Rockerbanden und die neuen Zuwanderer gütlich. Firat wollte dem einen Riegel vorschieben, dass dafür seine Brüder in Sippenhaft genommen wurden.

150

Das brutale Vorgehen der Zuwanderer machte sie für ihn zu den Hauptgegnern. Die »Outlaw Motorcyle Gangs«, wie die Polizei und die Presse sie gern nannte, schienen ihm eher beherrschbar. Sie zeigten nicht die gleiche Grausamkeit. Firat hatte sich dazu durchgerungen, mit ihnen sogar ein Kooperationsgespräch zu führen. Vielleicht gelang es ihnen gemeinsam, die Neuen in die Bedeutungslosigkeit zurückzujagen. Was danach kommen würde, stand in den Sternen und musste nicht heut schon entschieden werden....

Die Bandidos spielten im Großraum Essen eine dominierende Rolle unter den Motorrad-Rockern. Sie befanden sich allerdings ein wenig auf dem absteigenden Ast. In einem Bandenkrieg mit den Hells Angels hatten sie Federn gelassen. Ihr Präsident zeigte sich deshalb für eine Kooperation aufgeschlossen. Er lud die Führungsspitze der Rashdiye für kommenden Samstag in das Clubhaus der Bandidos ein. Nidal und zwei bewaffnete Kämpfer begleiteten Firat. Ihre Begleiter gehörten zu denen, die zwischen 1990 und 1998 in Deutschland geboren worden waren. Noch unter achtzehn Jahre alt, bildeten sie im Clan eine eigene Gruppe und waren heiß darauf, Stärke zu demonstrieren. ...

Firat stand mit seiner kleinen Delegation vor dem schweren Eisentor des Rocker-Clubhauses. Das Rolltor war nach oben mit Stacheldraht gesichert. Scheinbar herrschte bei den Schwarzkitteln ein großes Schutzbedürfnis. Firat hatte bereits den Knopf der Lautsprecherklingel gedrückt. Als Parole war: *Rosen, Tulpen, Nelken, alle Blumen welken* vereinbart worden.

Der Kerl, der sie erfunden hatte, zeigte Humor. Firat sprach das Kennwort, als er dazu im Lautsprecher aufgefordert wurde.

Das Tor rollte knirschend zur Seite. Das Geräusch des Elektromotors stoppte, als der Eingang so weit offenstand, dass sie passieren konnten. Direkt hinter ihnen ging das Tor wieder zu. Aus den Fenstern des Hauses stampfte Rockmusik. Acht schwarz gekleidete Rocker in Stiefeln, Jeans und kragenlosen Shirts mit verwegenen Aufschriften bildeten einen Halbkreis um die Haustür und warteten auf sie. Sie sahen gegenüber den Clanbrüdern in deren Geschäftsanzügen wie Underdogs aus.

Ein Riese mit Glatze und schwarzer Brille kam auf sie zu. Es war der Boss.
»Ich bin Eddie Schmitz, der Präsident, ich halte nichts von einem Almauftrieb«, sagte er nach einer knappen Begrüßung. »Wir sollten uns deshalb nur zu viert zusammensetzen, ihr zwei«, er deutete auf Nidal und Firat, »und ich und unser Schatzmeister Willi Müller. Ist das für euch o. k.?«
Firat nickte und nannte ihre Namen. Sie wurden in das Clubhaus geführt. Im Hauptraum hielten sich weitere Rocker auf. Die Wände strotzten vor Fahnen und Emblemen, wahrscheinlich Erinnerungen von befreundeten Clubs. Ihr Gastgeber wies mit der Hand auf sie und meinte voll Stolz in der Stimme: »Insignien der größten Bruderschaft der Welt.«

In einem kleineren Raum nahmen sie Platz. Im Gespräch tasteten sie sich langsam an die interessanten Punkte heran. Sie wurden sich einig, dass die neuen Iraker und Syrer ein Drecksvolk waren.
»Wenn es gegen die geht, finden wir Gemeinsamkeiten«, meinte Schmitz voll Zuversicht. »The enemy of my enemy is my friend!« Dann lobte er die Verhaltensweise seiner Leute in einer Kooperation: Ehrlichkeit, Zuverlässigkeit und Treue!

Eine Abgrenzung ihrer Interessengebiete wurde stante pede nicht erreicht. Hier einigte man sich erst einmal vage. »In eurem Rücken haben wir ganz schön Geschäfte gemacht«, meinte Eddie mit einem dreckigen Grinsen.
»Das kann auch so bleiben, es muss allerdings für uns was herausspringen, wenn wir zusammen marschieren«, erwiderte Firat. »Ich hörte Gerüchte, ihr wärt dabei, euch aufzulösen«, setzte er nach.
»Wer uns verlässt, ist nicht stark genug«, brummte Eddie mürrisch zurück. Sein Gesicht machte dabei deutlich, dass die Rocker wohl wirklich Probleme hatten. Die resultierten nicht nur von den Hells Angels.

152

Seine Leute waren zwar hart gesotten, aber die Brutalität der neuen Araber hatte sie arg überrascht. Zusammen mit dem Clan würden sie unzweifelhaft wieder stärker und einflussreicher. Nach längerem Hin und Her kam man überein, den Schatzmeistern eine zweite Gesprächsrunde zu überlassen. »Die verstehen am meisten von Geld«, blieb Eddie als Hausherr am Ball.

»Dann treffen sie sich das nächste Mal bei uns«, entschied Firat als Schlusswort. ...

Während der zweiten Gesprächsrunde saß Firat im Nebenraum und ließ sich immer wieder berichten bzw. griff in den Fortgang der Einigung ein. Letztendlich kam ein brauchbares Ergebnis zustande. Die Zusammenarbeit betraf im Wesentlichen Drogen- und Menschenhandel, Schleusern sowie Prostitution. Die Rocker hatten einige Mitglieder mit arabischem Migrationshintergrund.

Die Schatzmeister vereinbarten, dass sie die Verbindung zwischen den beiden Gruppierungen aufrechterhalten sollten. Rauschgift sollte künftig zu vereinbarten Verrechnungspreisen von beiden Gruppierungen aus den Einkaufsquellen bezogen werden können. Auf der Kundenseite wollte man sich nicht in die Quere kommen. Wer in die Region geschleust werden sollte, wurde künftig vorher abgestimmt, genauso wie der Handel mit diesen Menschen. Unfreundliche Akte der Syrer und Iraker sollten ab sofort durch gemeinsame Kampfgruppen erwidert werden. In den jeweiligen Bordellen wurden, als Service für die Kunden, ab und zu die Frauen getauscht.

Firat verlangte, es damit zunächst bewenden zu lassen.

»Wir wollen erst einmal sehen, wie das läuft«, meinte er. Eddie Schmitz und er vereinbarten ein »rotes Telefon«.

Wenn es irgendwo kracht, rufen wir uns sofort an, wurde abgemacht.

Das Informationssystem hatte sich für die Banden in den letzten Jahren enorm verbessert. 1992 war in Deutschland das erste Mobiltelefon auf den Markt gekommen, allerdings noch zu einem horrenden Preis. Inzwischen waren diese Geräte viel günstiger zu haben und gehörten für die Kriminellen zur Standardausrüstung. Eine Telefonstafette konnte in kürzester Zeit einen kampffähigen Trupp zusammenrufen. ...

Der Polizei wurde bald klar, dass im Milieu mächtig etwas in Bewegung gekommen war.

»Da gibt es neue Zusammenschlüsse und neue Feinde«, meinte ein Ermittler.

»Die Hunde versuchen den Kuchen unter sich neu aufzuteilen. Da gehe ich jede Wette ein.«

Bald bestätigten nächtliche Massenschlägereien diese Vermutung.

Der Machtkampf zwischen den zwei Lagern tobte. Polizisten wurden verletzt. Ermittlungsverfahren wegen des Verdachts auf schwere Körperverletzung wurden eingeleitet. Die verliefen in der Regel im Sand. Keiner der Schläger sagte gegen einen anderen aus, selbst wenn er aus dem feindlichen Lager war. Gegenüber der Polizei hielt man zusammen. ...

Firat war mit diesem Weg von den Familienregeln abgewichen. Das fand im Clan nicht allgemeine Zustimmung. Seine Marschrichtung bestand schließlich darin, das eigene Terrain durch eine Allianz zu verteidigen, in der Moslems mit Ungläubigen gegen Moslems kämpften.

Doch der neue Chef setzte sich durch. Wäre sein Vater in die Einzelheiten eingeweiht worden, hätte er sich bestimmt die Haare gerauft. Doch Tarek mischte sich in die Geschäfte nicht mehr ein, und niemand fragte ihn in dieser Sache um Rat. ...

Als Nächstes nahm Firat neue Profitcenter ins Visier. Für einige Clans war die Rap-Musik mittlerweile eine beachtliche Einnahmequelle geworden. Der neue Clanchef hatte sich zunächst gründlich über die Gepflogenheiten kundig gemacht. Schnell wurde ihm deutlich, dass sich zwischen Rappern und Clanleuten eine Zweckgemeinschaft nahezu aufdrängte:

Die erfolgreichen Musiker riskierten eine kesse Lippe. Sie kamen selbst

154

aus dem Milieu und wollten in ihrem Straßenrap-Genre authentisch rüberkommen. Sie sangen deshalb von Mord, Totschlag, Rauschgift, Huren und sonstiger Kriminalität. Sie brauchten Leute, die sie schützten, wenn sie die Klappe einmal zu weit aufrissen.

Die Clans boten sich für solche Art Security an. So ein Goldesel verdiente viel Geld. Wenn man ihm »Rücken gab«, durfte man auch viel Geld von ihm nehmen. Das konnte zu einem Perpetuum mobile werden, solange sich der Rapper in der Spitze hielt.

Auch der freundschaftliche Kontakt, in den Medien breitgewälzt, nutzte beiden. Der Rapper zeigte, wie stark und mächtig sein Schutz war, der Clanboss sonnte sich in dessen Ruhm und Glamour. Besonders in Berlin, mit Treffen in Nobelhotels wie dem Ritz Carlton am Potsdamer Platz, entwickelte sich ein Hauch der golden-verruchten Berliner Zwanzigerjahre. ...

Firat sah sich vor seinem inneren Auge gemeinsam mit einem Rap-Star auf einem Urlaubsfoto.

Solche Schützlinge verklärten auch noch Dinge, die der Clan verkaufte, und spülte sie weich: Rauschgift, Mord und vieles mehr. Glorifizierung von Gewalt und Männlichkeit! Das machte Rapper zu Markenbotschaftern. Die Musiker hatten in den sozialen Netzwerken Millionen von Followern, und die wurden als Kunden animiert. Die Rapperikone Bushido hatte dem Clanchef Arafat Abou-Chaker 2010 sogar eine Generalvollmacht ausgestellt und ihn zum Vormund gemacht. Fester konnte man die Bindung gar nicht zurren. Die Werbung für die Produkte der Clans erreichten neue Dimensionen:

Der inzwischen völlig gelähmte Rapper Pone outet sich mit seinem Song »Kokain« als Schneemann:

... deshalb finde ich die Liebe jetzt in diesem Staub.

Es lässt mich vergessen, dass ich noch immer deine Liebe brauch.

Ich hasse dieses Zeug und liebe es zugleich.
Verdrängt all die Schmerzen, ich flüchte in mein Reich.
Kokain, Kokain du lässt mich fliegen.
Kokain, Kokain mit dir kann ich die Welt besiegen.
Kokain du bist immer für mich da, wenn's mir schlecht geht.
Das Leben ist beschissen, mit dir kann ich drüber wegsehen!

Die Rapper GBC brachten sich 2006 ebenfalls mit einem Song *Schnee-mann ist zurück* ins Spiel.

Firat fand bald in der Umgebung von Essen einen populären Musiker für seine Zwecke.
Der verherrlichte in seinen Songs ebenfalls den Drogenkonsum.
Seine Lieder wirkten für die Rashdiye wie Kaufaufrufe.
Beide Seiten profitierten zunächst voneinander.
Der Rapper konnte unbeschwert auftreten, er hatte nun »Rücken«. Die Vergütung für seine Sicherheit war zwar üppig, aber der Geldfluss, der in seine Taschen floss, gab das her. Der Clan hatte sich eine weitere profitable Sparte erschlossen und mit anderen Clans gleichgezogen.

Bald schuf Firat sogar ein eigenes Label und nahm einige Shootingstars unter Vertrag. Die Rashdiye wurden noch einen Tick reicher und ein-flussreicher. …

2015–2020
Ein Ende mit Schrecken

Dramatische Entwicklungen im Ausland und damit verbundene Folgen in Deutschland ließen die Angst vor dem Islam und den Moslems immer größer werden. Der Fremdenhass machte sich Luft:

Im Januar 2015 organisierte Pegida einen Protestmarsch in Dresden und brachte immerhin über 25.000 Menschen auf die Beine. Die wendeten sich lautstark gegen die Islamisierung des Abendlandes. – Wir sind das Volk!

Vor allem aus den Kriegs- und Krisengebieten Syriens, dem Irak und Afghanistan nahmen immer mehr Schutzsuchende den Weg über Griechenland, Mazedonien, Serbien, Ungarn und Österreich. Überwiegendes Zielland wurde Deutschland. Terroranschläge des islamischen Staats (IS) mit immer mehr Toten häuften sich auch in Europa und schürten die Angst weiter. Wen würde es das nächste Mal treffen?

Proteste und strafbare Handlungen der Bevölkerung waren als Antwort die Folge: Im März brannte in Tröglitz, Sachsen-Anhalt, eine Flüchtlingsunterkunft aus. Die Tat wurde von Hassbekundungen gegenüber allem Fremdländischen begleitet.

Am 31. August 2015 verschärfte eine Entscheidung und ein Ausspruch der deutschen Bundeskanzlerin Angela Merkel den inländischen Streit über das, was richtigerweise zu tun war. Zu diesem Zeitpunkt saßen Unmengen an Flüchtlingen in menschenunwürdiger Weise auf ihrem Marsch nach Europa in Ungarn fest.

In der Bundespressekonferenz versuchte die Kanzlerin die deutsche Bevölkerung auf die Aufnahme von 800.000 Flüchtlingen vorzubereiten.

»Deutschland ist ein starkes Land. Das Motiv, mit dem wir an diese Dinge herangehen, muss sein: Wir haben so vieles geschafft – wir schaffen das!«

Diese Aussage erzeugten bei den Flüchtlingen, die sich auf dem Weg befanden, die trügerische Hoffnung auf eine neue Willkommenskultur.

Das »reiche« Deutschland wurde nun ausschließlich ihr Ziel. Deutschland hatte (für sich) die sogenannte Dublin-Verordnung für Flüchtlinge aus den Bürgerkriegsländern ausgesetzt. Vielen deutschen Bürgern bereitete dies Angst.

Die enorme Zuwanderung mündete in der sogenannten »Flüchtlings-krise«.

Bei dem für Asylanträge zuständigen Bundesamt für Migration und Flüchtlinge (BAMF) stauten sich bald wirklich Anträge bis zur Höhe von 800.000.

Das Amt stand vor einer gewaltigen Verwaltungs- und Infrastruktur-krise. Die Kritik wuchs und Experten warnten davor, die Probleme der früheren Flüchtlingswellen könnten sich potenzieren. Einwanderung ohne Identitäts- und Sicherheitsprüfung sollten nicht mehr möglich sein. Man forderte eine entschlossene Vorbeugung. Die Migranten sollten gar nicht erst entdecken, dass man leicht in das Land der Träume hereinkam und schwer wieder fortgejagt werden konnte. Die Kanzlerin hielt gegen allen Widerstand an ihrer Positionierung fest, zumindest so lange, bis ihre Umfragewerte einbrachen. ...

Das Umfeld der Clanfamilien hatte sich damit zum Schlechteren entwi-ckelt. Auch Firat und Nidal erkannten dies. Bald mussten sie auch noch einsehen, dass sie mit ihren Entscheidungen dazu beigetragen hatten, die Ausbeutung langer Jahre erfolgreich angezapfter Goldadern zu gefährden.

Zunächst wurde die Allianz mit den Rockern brüchig. Firats Entschluss, sie einzugehen, bewies sich als Fehlschluss. Die Belege dafür häuften sich:

In Dortmund ergab sich eine schwere Auseinandersetzung zwischen den Bandidos und dem Clan. Eine schlimme Messerstecherei machte den Streit öffentlich, der schon lange im Verborgenen schwelte. Die Rocker-organisation wollte es nicht mehr länger hinnehmen, dass immer mehr Migranten mit arabischen Wurzeln ihre Chapter unterwanderten und zu »Bestimmern« wurden.

Letztendlich infiltrierten sie die Ortsgruppen nicht nur, sondern über-nahmen sie ganz und trugen bald selbst auf Führungsebene die schwar-zen Kutten ihrer »Verbündeten«. Sie fuhren dabei nicht mit schweren

158

Motorrädern vor, sondern protzten zu deren Ärger mit Nobelkarossen. Ein Beleg für Firats fehlendes Einfühlungsvermögen!

In Duisburg hatte sich eine Unterabteilung der Rashdiye sogar mit den Hells Angels verbunden.

Das stank den Bandidos maßlos. Tobte doch zwischen diesen beiden Rockerclubs schon seit Längerem ein Bruderkrieg. Der Showdown in der Ruhrstadt begann in der Straße Bissenkamp.

Ein Bandido tötete mit dem Messer ein fünfunddreißigjähriges Clanmitglied. Dann fielen mehrere Schüsse an der Deutschen Straße in Dortmund-Eving. Sie zielten auf eine Immobilie des Clans. Die angegriffenen Clanmitglieder hatten inzwischen über Mobiltelefon Truppen zur Gegenwehr zusammengezogen, und die schossen nun zurück. Es gab mehrere Tote. Die feindlichen Parteien zogen sich zurück, als Alarm gegeben wurde und die Polizei im Anmarsch war. Der blieb vorerst nur, mit Maschinenpistolen schwer bewaffnet, den Tatort abzusichern.

Dann wurde eine Mordkommission eingesetzt. Die Opfer betrafen überwiegend die Rocker. Aber die Clanleute hatten nur einen Pyrrhussieg erzielt. Ihre Vormachtstellung sollten sie nur kurzfristig sichern. Eine schnell eingesetzte Ermittlungskommission der Dortmunder Polizei mit großer, örtlicher Anwesenheit und vielen Kontrollmaßnahmen erschwerte künftig auch ihr Geschäft, machte es sogar oftmals unmöglich.

Auch der berüchtigte Miri-Clan lieferte sich in Dortmund mit den Bandidos eine blutige Fehde. Der Clanführer Sammy Miri ließ sich auf eine Messerstecherei ein und wurde niedergestochen. Als sein Gegner endlich ermittelt wurde, kam er immerhin vier Jahre in Haft.

Die Fehden zwischen dem Clan und den Rockern dehnten sich aus. In der Landeshauptstadt Düsseldorf kam es zu einem Gefecht zwischen Rockern und dem Clan. Die Düsseldorfer Altstadt wurde zum Kampffeld für eine Massenschlägerei. Die Clanbrüder wollten die Bandidos aus dem Drogengeschäft hinausdrängen.

Als die Polizei gehäuft auftrat, um die Ordnung wiederherzustellen, verlagerte sich das blutige Scharmützel in beschaulichere Regionen nach Düsseldorf-Erkrath. Dort gingen, ohne jegliche Vorankündigung, um die fünfzig Rashdiye in einer Sportkneipe brutal auf ahnungslose Rocker los. Ein Blutbad wurde nur dadurch vermieden, dass die Kuttenträger sich in der Kneipe verbarrikadieren konnten. Sie hielten die Stellung, bis die Polizei eintraf.

Mit einem Großaufgebot konnten sie die Lage bis zum Morgen beruhigen. Das Ergebnis war unschön: Einige Beamte waren verletzt worden, teilweise schwer. Die Clanbrüder hatten sich von dannen gemacht. Man konnte sie wieder mal nicht zur Rechenschaft ziehen. Nur von den Zurückgebliebenen wurden die Personalien aufgenommen, und die schwiegen. Sie mussten nun mit Strafverfahren wegen der Beteiligung an gefährlicher Körperverletzung rechnen. Das Verhältnis zwischen Rockern und Clan war nicht mehr zu kitten.

Firat tobte, als er von dem unbedachten Vorgehen hörte. Er sah seine Kampfgruppen unnötig geschwächt und seinem Geschäftsmodell den Todesstoß versetzt. Ein Ermittler hatte sich in einem Zeitungsinterview recht deutlich dazu ausgedrückt, dass der Clan noch weiteren Schaden nehmen würde:

»Wir müssen dem etwas entgegensetzen und dürfen uns nicht weiter von den arabischen Großfamilien auf der Nase herumtanzen lassen!« ...

In Duisburg kam es erneut zu Kampfhandlungen. Schließlich schwappten sie über nach Essen. Eine besondere Rolle spielte dabei das Eckhaus Weberstraße Ecke Kreuzeskirchstraße. Die Shishabar im Erdgeschoss, die unter Regie des Clans stand, wurde das Ziel diverser Rockerüberfälle. Letztendlich setzte sich der Clan mit großer Brutalität durch. Danach zeigte er zum Entsetzen der friedlichen Anwohner seine Machtfülle.

160

Am Steuer sitzende muskulöse junge Männer, deren Machogehabe die Anwohner des Viertels in Schrecken versetzte, prägten nun das Bild. Die Bewohner beklagten ein Klima der Einschüchterung. Durch getunte Sportwagen herrschte Lärmbelästigung tags und nachts. Vorsätzliche Missachtung von Geschwindigkeitsbegrenzungen gefährdeten nicht nur andere Verkehrsteilnehmer, sondern vor allem spielende Kinder. Die hatten nur die Straße dafür.

Der Verdacht war mittlerweile zur Gewissheit geworden, dass diese Kerle ihren Lebensunterhalt mit kriminellen Machenschaften bestritten. Das Viertel bekam das kriminelle Flair von Klein-Beirut oder Klein-Chicago. Die normalen Bewohner trieb es in den Widerstand. Sie hatten inzwischen eine Interessengemeinschaft gegründet. Sie forderten Videokameraüberwachung und Doppelstreife über alle 24 Stunden des Tages.

Unübersehbar wurde, dass der Clan in großem Stil begann, Immobilien aufzukaufen. Deshalb holten sie die Immobilien- und Standortgemeinschaft City Nord (ISG) mit ins Boot. Die konnte wenigstens Regelverstöße und Rechtsbeugung mit den richtigen Worten anprangern. Doch bis der Bürgermeister sie anhörte, lief viel Wasser den Fluss hinunter.

Der Clan arbeitete derweilen mit unlauteren Werte- und Rechtsvorstellungen unbehindert weiter. Zu beklagen waren bald Sachbeschädigung an Häusern nichtverkaufswilliger Eigentümer sowie deren persönliche Bedrohung. ...

Ein Gespräch mit dem Oberbürgermeister wurde mehrfach terminlich verschoben. Herrschte bis in die Stadtführung Angst vor dem Clan? Erst nach einem halben Jahr kam eine Vereinbarung zustande. Die oberste Behörde stimmte Doppelstreifen von Polizei und Ordnungsamt zu. Der gemeinsame Auftritt war ein vielversprechendes Novum. Die Behörde versprach den Bürgern, nun gegenüber dem Clan eine Null-Toleranz-Strategie zu fahren. Großrazzien in Cafés, Shishabars und einschlägigen Lokalen standen auf ihrem Programm.

Ein weiteres Geschäftsfeld des Clans wurde erheblich geschädigt. Bald musste er die ersten Häuser wieder aufgeben. Sie rentierten sich nicht mehr. Nun herrschte die Abrissbirne. Die reinigte das Areal von schmuddeligen Altbauten. Halbwelt-Bars, Zockerkneipen, Spielhallen und Animierbetriebe, die der Clan kontrolliert hatte, wurden plattgemacht.

Aber, was dort in der Nachfolge entstand, trieb die Alteingesessenen wieder ins Abseits: Die Baugesellschaft Allbau machte sich mit einem Großprojekt breit. In beschaulichen Kastanienhöfen errichtete Neubauten sollten zahlungskräftige Mieter anlocken. Nicht nur der Clan wurde angezählt, auf Dauer wurden auch die jetzigen Bewohner zu unerwünschten Gästen.

Wie hatten sich die Zeiten doch geändert. Als der Kohleabbau noch für gutes Auskommen sorgte, lebten hier Menschen verschiedener Nationen friedlich zusammen. Namen wie Erich Juskowiak, Horst Szymaniak, Günter Sawitzki, Josef Posipal und Heinrich Kwiatkowski hielten das nur noch bei Fußballfans in Erinnerung. ...

Auch die Kooperation mit den Rappern ging vielerorts in die Binsen. Remmos Bushido und Arafat Abou-Chaker waren über viele Jahre geschäftlich verbunden gewesen und nannten sich sogar Freunde. 2018 brach dieses Bündnis mit einem Eklat entzwei. Abou-Chaker wollte seinen Goldesel nicht einfach freigeben. Der Streit darum wurde öffentlich ausgetragen. Bushido befürchtete bald, seine Frau oder die Kinder könnten von dem Abou-Chaker-Clan entführt werden. Er wandte sich an die Polizei.

Der Clanführer kam wegen vermeintlicher Kidnapping-Pläne Anfang 2019 in Untersuchungshaft und musste sich vor Gericht verantworten. Die Angst vor Übergriffen trieb Bushido in die Arme des Remmo-Clans. Ohne »Rücken« fühlte er sich trotz der damit verbundenen Kosten nicht sicher. Das Ende der Solidarität in der Clanwelt schien eingetreten. Man stach sich gegeneinander aus. Die Lösung unterschiedlicher Meinungen,

162

früher in der Schattenwelt ausgetragen, wurde nun durch öffentliches Gegeneinander ersetzt. Das machte die Clans zusätzlich angreifbar. ...

Auch die Rapperikone Capital Bra ging auf Konfrontationskurs zu den Clans. Er schaltete ebenfalls die Polizei ein, angeblich weil Mitglieder des Miri- und Al-Zein-Clans von ihm neben Schutzgeld eine Beteiligung an seinen Einspielerlösen gefordert hatten.

Der Disput wurde durch die Berliner Staatsanwaltschaft öffentlich bestätigt. Sie teilte mit, es laufe ein Ermittlungsverfahren wegen versuchter räuberischer Erpressung zum Nachteil des Musikers.

Capital Bra wurde auch selbst aktiv: Mit einem Videoclip rechnete er mit seinen vormaligen Beschützern ab. Seine Nachricht triefte vor Selbstmitleid: »Capital Bra in Lebensgefahr«, »Rapper könnte auf offener Straße erschossen werden«. Schließlich geißelte er aber auch vollmundig seinen »Rücken«:

»Sie hab'n gesagt, ich werde fallen und mich wird keiner fangen.
Sie haben gesagt, sie warten vor der Tür mit Ballermann.
Sie haben gesagt, sie wollen mein Para (türk. Begriff für Geld) *haben.*
Was soll ich sagen? Capital hat keine Angst vor ein paar Arabern.
Sie haben gesagt, ich wär ein Junkie, der sein Cash verballert. Dieser Junkie, der die Vorstadtvilla Cash bezahlt hat.
Sie haben gesagt, sie wollen mich ficken, wenn ich nicht bezahle.
Aber Gott ist groß, Bruder, größer als ihr alle.« ...

In dem Song wurden zulasten des Clans mehrere Verbrechen aufgezählt. Capital Bra sprach von Todesdrohungen und bekannte, dass er selbst Geld für Sicherheit gezahlt hatte. Stoff für staatsanwaltliche Ermittlungen wurde damit öffentlich.

Ab diesem Moment musste sich jeder Clanführer die Frage stellen, ob es wirklich sinnvoll war, mit so schillernden Paradiesvögeln Geschäfte zu machen.

Selbst das Drohpotenzial des Clans zeigte sich nicht mehr stark genug, um den Streit aus der Öffentlichkeit herauszuhalten. ...

Farid Bang, Kollegah und Veysel K. erhielten für die Aufmüpfigkeit gegen ihre Beschützer ebenfalls Todesdrohungen. So berichtete die Frankfurter Allgemeine Zeitung mit Hinweis auf Ermittlungsakten der Berliner Polizei.

Die Symbiose aus Clans und Rappern wurde öffentlich immer weiter demontiert. Ermittlungen in diese Richtung bekamen eine gewaltige Eigendynamik.

Das Geschäftsmodell »Rücken« wurde für die Clans immer mehr zu Gefahr, nachdem es sich nicht mehr im Verborgenen abspielte. Zeugen häuften sich mittlerweile, die zu diesen kriminellen Machenschaften aussagen wollten. Die Zwangsläufigkeit einer Zusammenarbeit, wie sie der jüdische Rapper Ben Salomo in seinem Buch »Sohn des Friedens« noch formuliert hatte, war höchst fraglich geworden. Viele Künstler verzichteten inzwischen auf die gekaufte Sicherheit. ...

Es gab aber auch Rapper, die Kollegen, welche Clans anschwärzten, als Verräter beschimpften. Sie bezeichneten sie in ihrem Jargon als »31er«.

Sie nahmen damit Bezug auf § 31 Betäubungsmittelgesetz. Der Paragraf behandelt die Strafmilderung oder das Absehen von Strafe für den Täter unter bestimmten Voraussetzungen. In Absatz 1 wird in »Normaldeutsch« von an die Polizei petzen besprochen: »... durch freiwilliges Offenbaren seines Wissens.«

Capital Bra hatte sich über Bushido lustig gemacht, solange er selbst noch nicht zur Polizei gegangen war. ...

Trotz aller Bemühungen verliefen viele Verfahren spätestens vor Gericht im Sand. Eine Lücke im Rechtssystem trat zutage. Angeklagte, zumindest ihre Anwälte, bekamen Zugriff auf die Namen der Zeugen, die gegen sie aussagen wollten. Auf das Einschüchtern von Belastungszeugen waren die Clans aber spezialisiert. Allzu oft zog ein Zeuge seine Bereitschaft, auszusagen, zurück.

164

Seit November 2018 fuhr die Polizei Berlin trotz dieser Erschwernisse eine aggressivere Strategie gegen die Clans. Veysel K., ein gebürtiger Essener Rapper, beklagt sich öffentlich, dass in seiner Geburtsstadt nicht gleichartig vorgegangen wurde: »Essen versucht gar nicht, die Leute von der Straße zu holen.«

Die Essener Polizei widersprach dem vehement:

»Die Polizei Essen fährt seit 2017 eine Null-Toleranz-Strategie, die sich vor allem gegen kriminelle Mitglieder von arabischen Clans richtet. Seither gibt es eine Vielzahl von Kontrollen, Festnahmen und Razzien gegen Personen und Einrichtungen, die mit Clans in Verbindung gebracht werden.«

Die Stadt nahm wirklich an der größten Razzia der NRW-Geschichte teil. Über 1300 Ermittler waren beteiligt. Viele Verdächtige wurden festgenommen. …

Firat Omeirat unterzog die Vor- und Nachteile des von ihm eingegangenen Geschäftsmodells einer kritischen Würdigung. Er legte den Rückwärtsgang ein. Zunächst gab er sein eigenes Label auf, dann entzog er seinen Schützlingen aus der Rapperszene den »Rücken«. Große Einnahmen gingen verlustig, aber für ihn schien es wichtiger, dass die Angriffsfläche gegen die Rashdiye wieder kleiner wurde. Zerknirscht sah er seine Fehlentscheidungen ein.

Am 31. August 2018 beschloss das nordrhein-westfälische Landeskabinett, eine Expertenkommission einzusetzen, die für Nordrhein-Westfalen und die Bundesrepublik Vorschläge zur Verbesserung der Sicherheitsarchitektur entwickeln sollte. Das erfolgte besonders im Hinblick auf die Bekämpfung der Clankriminalität. Im Auge hatte man die große Woge der hinzugekommenen Migranten. Man wollte bei deren Integration nicht die gleichen Fehler machen wie bei denen, die in den kleineren Wellen zuvor ins Land gespült wurden. Folgende Empfehlungen sprach die Kommission aus:

Der administrative Ansatz sollte gestärkt werden. Das bedeutete die Zusammenarbeit unterschiedlicher Behörden auf allen Gebieten. Kommunikationskanäle und feste Ansprechpartner sollten geschaffen werden.

Integrationsbemühungen sollten verstärkt werden, auch mithilfe von Aussteiger- und Mentorenprogrammen. Alle Möglichkeiten, Straftäter ohne deutschen Pass zurückzuführen, sollten ausgenutzt werden. In einem strategischen Innovationszentrum sollten neue Ermittlungsmethoden erarbeitet und Analysen sowie Prognosen neuer Kriminalitätsszenarien entworfen werden. Die Bildung von Schwerpunktstaatsanwaltschaften sollte beschlossen werden. Eine Spezialsensibilisierung auf Straftaten, die besondere Sachkenntnisse erforderten, wurde vorgesehen. Zwischen diesen Staatsanwaltschaften musste der Datenfluss verbessert werden.

Das wurde auch für Abläufe zwischen Staatsanwaltschaft, Polizei und Richtern ins Auge gefasst. Kommissariate sollten spezialisiert, die Kommissionsfähigkeit der Polizei verbessert werden. Für das eingebundene Personal empfahl man Qualifizierungsmöglichkeiten und Leistungskontrollen. Dem grenzüberschreitenden Informationsaustausch wies man große Bedeutung zu. Da die Täter meist überregional agierten, wurde eine Zusammenführung von regionalen Ermittlungsverfahren als zwingend notwendig erachtet. Die Datenbanken der Polizei waren zu verbessern. Die Beamten mussten zurzeit noch fünf verschiedene Datenbanken pflegen und verknüpfen, um ans Ziel zu kommen. Es galt, die Finanzermittlung und die Vermögensabschöpfung bei den Clans zu optimieren. Moderne Recherchesysteme sollten endlich die Einsicht in die komplexen Unternehmensstrukturen der kriminellen Organisationen ermöglichen. Das Vorhalten einer genügend großen Zahl an Observationskräften wurde angemahnt. Die mobilen Einsatzkommandos galt es, besser auszurüsten, zum Beispiel sollten sie künftig über IMSI-Catcher verfügen. Eine Verbesserung der Funkzellenauswertung war zwingend nötig. Die damit betrauten Ermittler gehörten geschult. Über diese sehr dezidierten Empfehlungen entschied die Landesregierung im Herbst 2019 mit Zustimmung. …

166

Auch dadurch bemerkten die Rashdiye, dass der Wind um sie rauer wehte. Firat hatte, anders als sein Vater, der immer die gesamte Familie im Auge behielt, nur sich im Blick und sorgte für sich und sein Umfeld vor. Er hatte damit begonnen, als man ihm zutrug, es würde nach Möglichkeiten gesucht, ihn und seine Familie auszuweisen. Die Abschiebung des Bremer Clan-Chefs Ibrahim Miri hatte ihm dann aufgezeigt, wie real diese Gefahr war. Die Innenminister der Bundesländer beschlossen bei ihrer Jahreskonferenz zudem, Clankriminalität künftig durch schnellere Abschiebungen und eine bessere Koordination der Landesbehörden in den Griff zu kriegen.

Firat hatte schon länger Vorsorge betrieben. Zunächst hatte er ins Auge gefasst, Nidal in seine Überlegungen einzubinden. Er wollte die gesamte Führungsspitze entfernen. Er hatte sich davor lange Zeit gescheut, denn er kannte Nidals moralische Einstellung, die der seines Vaters glich.

Zum Glück war ihm Nidal zuvorgekommen. Er hatte sich, wie Tarek, selbst aus der Geschäftsleitung zurückgezogen. Als Privatier wurde er zum Ehrenmann und entsagte jedem kriminellen Tun. Dieser Entschluss brachte ihn seinem Freund Tarek wieder näher. Er besuchte ihn draußen im Grünen, ging mit ihm ins Gebetshaus und auch ans Grab von Alia. Schließlich war sie für ihn wie eine Schwester gewesen. Ramiye kochte gerne für Tarek mit. So kam der ein wenig aus seinem Eremitendasein heraus. Nidal wurde allerdings in dem neuen Lebensabschnitt nicht glücklich. Die kriminellen Aktionen, die er als Geschäftsführer mitverantwortet hatte, spukten in seinem Kopf und holten ihn immer wieder ein. Sie begegneten ihm in seinen Träumen und peinigten ihn mit Schuldgefühlen. …

Für Firat blieb also nur die Überlegung, den Vater seiner Frau mit einzubinden. Das erschien ihm weniger problematisch, denn er musste sowieso für alle drei eine finanzielle Grundlage sicherstellen. Sein Schwiegervater hatte dann die Möglichkeit, mitzumachen oder auch nicht. Er glaubte fest, dass er mitkäme. Er hing an seiner Tochter. Er würde Firats Plan auf jeden Fall nicht verraten, das käme einer Bestrafung seiner Tochter gleich. ...

Firats finanzielle Vorsorge basierte auf Geldwäsche. Durch sie sollte ein opulentes Altersruhegeld legal in einem anderen Land landen. Er hatte den Namen eines Holländers in Erfahrung gebracht, der auf die Beratung bei Geldwäsche spezialisiert war und sie gegen eine Provision für seine Kunden durchführte. Inzwischen waren Firat einige Möglichkeiten bekannt geworden.

Über die Jahre hatte er einen Batzen Barvermögen als seinen Anteil am Clangewinn angesammelt. Er hatte ihn bisher versteckt gehortet. Es handelte sich um rund 15 Millionen €! Die galt es legal zu machen und in das Land seiner Wahl zu transferieren. ...
     Er hatte den Libanon ausgewählt, die Türkei scheute er. Über die Verhältnisse im Libanon kannte er sich aus, und nach dorthin gab es belastbare Beziehungen. Firat wusste, dass man dort mit viel Geld fast alles erreichen konnte. Nach der Beendigung des Bürgerkriegs versprach er sich in dem Land auch genügend Sicherheit. ...

Zunächst wurde über seine Verbindungen in Beirut eine Firma errichtet, die für das Transferieren des gewaschenen Geldes eingesetzt werden konnte. Ein Drittel des Betrages war bereits über die letzten Jahre für ihn von seinen Leuten in kleinen Stückelungen auf Privatkonten eingezahlt worden. Von dort gingen diese Beträge nun als »Familienunterstützung« deklariert in den Libanon und landeten alle auf dem Konto der Firma. Die Einzelbeträge lagen um die 10.000 €. Für die Banken bestand bei dieser Höhe keine Verpflichtung, einen Geldwäschescheck vorzunehmen. ...

In ähnlicher Weise hatte Firat Immobilienkäufe für seine Zwecke genutzt. Dabei wurde außerhalb seiner Heimatstadt Essen, damit das für ihn zuständige Finanzamt keine Detailkenntnisse, insbesondere über die

Wertansätze, hatte, eine Immobilie für 1 Million € gekauft obwohl sie 3 Millionen € wert war. Der Rest ging in bar an den Vorbesitzer. Mit einem Weiterverkauf nach drei Jahren erzielte er, mit Renovierungen und Wertsteigerungen begründet, 3 Millionen €, die nunmehr legal waren.

Sie konnten von einem offiziellen Konto jederzeit transferiert werden. Das hob er sich für den Schlussakkord auf.

Am besten gefiel ihm der Umgang mit Finanzwetten. Die praktizierte er mehrfach. Er schloss mit einem Partner seines Vertrauens eine Wette ab, die er sicher gewinnen würde. Der Gewinn war legal und wurde an ihn ausgezahlt. Sein Partner zahlte sie aus der Barschaft, die ihm von Firat aus schmutzigem Geld zur Verfügung gestellt worden war. So machte der wiederum 2 Millionen € sauber.

Sein Berater weihte ihn auch in Möglichkeiten im Onlinegeschäft ein: Dort konnte man innovative, kriminelle Wege beschreiten. Von Hackern wurden fremde Identitäten gestohlen und sich dieser bedient, um Geld auf ein Konto im Ausland zu transferieren. Das Entdecken des wahren kriminellen Geldgebers wurde nahezu unmöglich.

Damit und mit fingierten Aktienkäufen hatte es Firat geschafft, den geplanten Betrag nach Beirut zu transferieren. Dort erfolgte die letzte Stufe der Verschleierung: Die Firma wurde aufgelöst und mit ihr verschwand das Finanzvermögen über einige Ecken in seinen Privatbereich. Die Auszahlung wurde anonymisiert und landete zunächst auf einem Treuhandkonto, welches ein Freund für Firat bis zu seiner Ankunft im Libanon hielt. Das Treuhandkonto trug nicht seinen wahren Namen. …

Die Aktionen hatten ihn eine Menge gekostet, aber auch ein gutes Ergebnis gebracht. Es sah aus, als könne er bis zum Ende seiner Tage ruhig schlafen. Die Spur zurück zu seiner kriminellen Zeit konnte man am Geldfluss nicht mehr erkennen. …

In Essen wurden vor der Abreise alle Unterlagen sorgsam vernichtet. Jeder Hinweis auf den geplanten Exodus wurde vermieden. Eines Tages flogen dann die drei, Hamit, Charda und Firat, angeblich in den verdienten Sommerurlaub. Sie kamen nie mehr zurück. In Beirut kauften sie neue Identitäten. Die Duldungspapiere aus Deutschland verschwanden. ...

Epilog

Der Rashdiye-Clan, der durch eigenes Versagen und härtere Gangart der Staatsmacht erheblich zusammengestutzt worden war, verlor nun noch mit Firat seine Führung. Keine Ersatzperson war für diesen Fall aufgebaut worden. Das warf die zurückbleibenden Clanbrüder weiter zurück und setzte sie führungslos ihren Feinden aus, die nun von überall kamen. Über dem Clan wehte der Aasgeruch des Todes. ...

Ihr untreuer Anführer hatte den Niedergang kommen sehen und sein Schäflein ins Trockene gebracht. Es schien reichlich genug für ein sorgenfreies Leben. Doch Firat hatte die Rechnung ohne den Wirt gemacht. Der Libanon als Ruhesitz zeigte sich nicht von seiner besten Seite.

Die Auswahl des Landes war im Vertrauen auf das Ende des Libanonkriegs erfolgt, der so lange gewütet hatte. Dieses Vertrauen war zu optimistisch gewesen. Bald brodelte es wieder im Land. Unsichere Zeiten standen bevor.

Besonders jüngere Bürger müpften in einem Verteilungskampf gegen die alten Garden auf. Sie forderten Demokratie und das Ende von Klüngel, Bestechung und Kriminalität. Die Regierung machte einige Zugeständnisse, doch die brachten keine Befriedung. So mussten die Omeirats und Hammads in der Ungewissheit leben, ob das Land für sie wirklich das richtige war. Ein gesicherter Lebensabend war für sie jedenfalls nicht garantiert.

Der Clan in Deutschland konnte hingegen nicht totgeredet werden. Das Hydra-Phänomen galt auch für ihn: Für jeden Kopf, der abgehackt wird,

171

wachsen zwei neue nach. Der Kopf in der Mitte ist sogar von Hause aus unsterblich! …

Namensregister

Abdul, Cihan, Betreiber eines Hähnchengrills in Essen
Abou-Chaker, Arafat, Clanboss
Aina al-Rashdiye, Said, Clanmitglied in Essen
Aziz, Bassam, Vorarbeiter auf einer Baustelle in Beirut
Beidas, Yousef, Bankier mit palästinensischem Ursprung
Bushido, Remmos, Rapper
Chamoun, Camille, Staatspräsident des Libanon
Eisenhower, Dwight D., Präsident der Vereinigten Staaten von Amerika
Fatima, Mädchen im Flüchtlingslager
GBC (GothBoiClique), Rapper
Glotterer, Professor Dr. Erwin, Onkologe in Zürich
Haaleh, Diyar, Bauer in Ardabil, Iran
Habib al-Rashdiye, Nuri, Clanmitglied in Essen, Ehemann von Rana Hammad
Haddad, Dr. Issam, Arzt im Flüchtlingslager in Beirut
Hammad al-Rashdiye, Nidal, Teilnehmer bei der Migration in den Libanon
Hammad al-Rashdiye, Rana, Tochter von Ramiye und Nidal
Kemal Atatürk, Mustafa, der Gründer der modernen Türkei
Khaleel, Charda, Tochter des Friedensrichters in Essen
Khaleel, Hamit, Friedensrichter in Essen
Müller, Willi, Schatzmeister der Bandidos
Murphy, Robert D., amerikanischer Diplomat während der Libanonkrise 1958
Najjar, Ramiye, später Frau von Nidal
Nasser, Gamal Abdel, ägyptischer Präsident

Nawal al-Ali, Bewohner des Flüchtlingslagers in Beirut
Omeirat, Firat, Vater von Tarek
Omeirat al-Rashdiye, Firat Junior, Sohn von Tarek und Alia
Omeirat, Mahmoud, Onkel von Tarek
Omeirat al-Rashdiye, Tarek, Anführer der Migranten von Rashdiye in den Libanon
Özdemir, Mustafa, türkischer Migrant im Übergangsheim Essen
Pone (Guilhem Gallart), Rapper
Qasem at-Tawīl, Rasin, Krimineller im Essener Drogengeschäft
Rashid, Ali, Bruder von Gülesen
Rashid, Gülesen, Türkin in Essen
Rashid, Suleika, Mutter von Gülesen
Schihab, Fuad, Präsident des Libanon zwischen 1958 und 1964
Schmeißer, Silvia, Privatsekretärin von Tarek in Essen
Schmitz, Eddie, Präsident der Bandidos
Sharif al-Rashdiye, Amir, Teilnehmer der Migration in den Libanon
Sinan, Ammar, Bewohner des Flüchtlingslagers in Beirut
Temiz al-Rashdiye, Memnun, Clanmitglied in Essen
Yıldırım, Alia, später Frau von Tarek
Ziaar, Arpak, Bauer in Ardabil, Iran

Literatur

Akyol, Cigdem, Konkurrenz unter Armen, Zeit online, 2.1.2014

Akyol, Cigdem, Wenn die Familienehre in Gefahr ist, verhindern sie oft Gewalt: Sogenannte Friedensrichter schlichten zwischen Muslimen – allerdings vorbei an der deutschen Justiz, Zeit online, 2.5.2012

Amabile, Flavia, Tosatti, Marco, Das Hotel von Aleppo, htb Verlag, Sindelfingen

Bayer, Constanze, Libanonwanderung durch den wilden Norden, deutschlandfunk. de, 11.10.2015

Berger, Annette, Kriminelle Großfamilien: Wo in Deutschland welche Clans das Sagen haben, stern.de, 11.7.2019

Bubrowski, Helene, Haneke, Alexander, Ich weiß, wo deine Schwester wohnt, F.A.Z., 5.4.2014

Burger, Reiner, Parallele Welten, F.A.Z., 22.4.2014

Buten un binnen (digital), 2.8.2018, Polizei schließt Shisha-Bar nach gewalttätigem Clan-Streit

Chefkoch (digital), Desserts des Mittleren und Nahen Ostens

Deutsches Krebsforschungszentrum, Krebsinformationsdienst, Brustkrebs: Symptome, 7.8.2017

Diehl, Jörg, Schrecklich nette Familien, Spiegel online, 9.12.2009

Dowideit, Anette, Lutz, Martin, Zeitenwende im Kampf gegen arabische Clans?, welt.de, 12.7.2019

Fehde zwischen Familienclan und Bandidos in Dortmund, Westfälische Rundschau, 10.9.2018

Felden, Esther und von Hein, Matthias, Wer ist Al-Salam-313?, DW Akademie, 22.5.2019

Geldwäsche: Händler verkauften für 40 Millionen Euro Autos an Libanesen in Berlin, Focus online, 2.12.2017

Gerlach, Julia, Muslimische Gemeinden und ihr Engagement für Geflüchtete, Bertelsmann-Stiftung, 2017

Ghadban. Ralph, Arabische Clans. Die unterschätzte Gefahr, Ullstein-Verlag, 2018

Ghadban, Ralph, Die Clan-Kriminalität, Fachtagung Hannover, 1.11.2016

Ghadban, Ralph, Die Libanon-Flüchtlinge in Berlin Zur Integration ethnischer Minderheiten, 2. Auflage 2008 Berlin

Ghadban, Ralph, Die Macht der Clans SZ.de, 28.9.2018

Ghadban, Ralph, Sind die Libanon-Flüchtlinge noch zu integrieren?, Essen Alte Synagoge, 26.2.2008

Glöckner, Lena, Abou-Chaker, Miri, Remmo: Wer zwischen Rappern und Clans die Strippen zieht, Focus online, 16.12.2019

Grossekemper, Tobias, Clans in Dortmund – Wir sehen nur die Spitze des Eisbergs, Ruhr Nachrichten, 30.9.2018

Groß-Razzia gegen kriminelle Clans in NRW, Innenminister macht erstaunliche Ansage in Richtung Clans, 1300 Polizisten im Einsatz, der Westen, 13.1.2019

Grzeszyk, Tabea, Die wechselvolle Geschichte des Libanon, Zeitfragen Archiv, Beitrag vom 21.10.2015

Heitmüller, Ulrike, Gibt es Ausländerkriminalität?, Telepolis, 14.12.2013

Hermann, Jonas, Essen: Die Clan-Hochburg im Ruhrgebiet, Neue Zürcher Zeitung, 7.8.2019

Hermann, Jonas, Problem: Die kriminellen Großfamilien haben keine Angst vor dem Rechtsstaat, Neue Zürcher Zeitung, 6.5.2019

Hildebrandt, Antje, Die Clans betrachten die Gesellschaft als Beutegesellschaft, CICERO, Magazin für politische Kultur, 5.11.2018

Hillenbrand, Klaus, In den Orient in einem Zug, taz Archiv, 16.7.2005

Jansen, Frank, BKA-Lagebild zum organisierten Verbrechen: Erstmals wird das Ausmaß der Clankriminalität in Deutschland klar, Der Tagesspiegel, 24.9.2019

Jellen, Reinhard, Arabische Clans: Die harte Realität, Telepolis, 1.12.2018

John, Barbara, Kriminelle Clans sind kein Resultat von gescheiterter Integrationspolitik, Der Tagesspiegel, 16.6.2019

Kimerlis, Nikos, Das sind Gelsenkirchens schlimmste Ecken, Der Westen, 16.2.2016

Kimerlis, Nikos, Richter: So schwierig sind Prozesse gegen Clan-Mitglieder, WAZ, 12.3.2019

Korfmann, Matthias, Dortmunder Nordstadt zwischen Armut und Aufbruch, Der Westen, 16.2.2016

Kriminelle Großfamilien – Fast 40 Verfahren gegen türkische und arabische Clans im vergangenen Jahr, Focus online, 5.8.2018

Landeskriminalamt, Clankriminalität – Lagebild NRW 2018

Lemmen, Thomas, Islamische Organisationen in Deutschland, Bonn: FES Library, 2000

Lüdeke, Ulf, Ehrenmord-Prozess: Schickten Clan-Frauen Familien-Kommando, das Mohammad skalpierte?, Focus online, 23.1.2019

Merkur.de, »Äußerst geschickte« Häftlinge weiter verschwunden – Sprecherin äußert sich nach Ausbruch zu Gerüchten, 4.8.2019

Merkur.de, Mörder saß seelenruhig in bayerischem Zug: Er machte einen verhängnisvollen Fehler, 5.8.2019

Niewerth, Gerd, Ghettos, Drogen, Schrottimmobilien: Essen hat viele Brennpunkte, WAZ, 16.2.2016

Parth, Christian, Wer stärker ist, hat Recht, Islamwissenschaftler warnt vor mehr Gewalt durch Clans, Kölner Stadt-Anzeiger, 3.4.2019

Patienten-Information.de, Brustkrebs – Leben mit der metastasierten Erkrankung, April 2019

Peters, Freia, Berliner Friedensrichter schlichtet zwischen Clans, Berliner Morgenpost, 16.1.2011

Pfahler, Lennart und Naber, Ibrahim, Wie sich vier arabische Clan-Paten einen Millionenmarkt aufteilen, welt.de, 2.2.2020

Polizei Köln: Massenschlägerei in Köln, Pressemitteilung vom 5.5.2019

Qantara.de, Kurdisch-libanesische Clans und Kriminalität – Wenn die Familie über dem Gesetz steht, 5.1.2016

Roberts, Rebecca, Flüchtlinge zweiter Klasse: Palästinenser im Libanon, Bundeszentrale für politische Bildung, 26.5.2016

Rossberg, Peter, Geheimtreffen zwischen Rockern und Araber-Clan!, Bild, 4.2.2015

Schmalen, Lothar, Essen ist die Hauptstadt der Clan-Kriminalität, LZ.de, 15.5.2019

Schmeer, Oliver, Marxloh setzt auf »Null-Toleranz« bei Straftätern, Der Westen, 16.2.2016

Schreiber, Linda, Clankriminalität: Essen ist die Hochburg – doch neue Clans stehen schon in den Startlöchern, WAZ am Sonntag, 17.5.2019

Schwerdtfeger, Christian und Wiegand, Oliver, Massenschlägerei um Macht und Einfluss, RP online, 29.9.2016

Sobolewski, Daniel, Clan-Kriminalität: »4 Blocks« –Schauspieler erhebt schwere Vorwürfe gegen seine Heimatstadt Essen, Der Westen, 13.2.2019

Spilcker, Axel, Dort treffen, wo es weh tut: Ermittler verfolgen kriminelle Clans mit Al-Capone-Taktik, Focus-Online, 2.4.2019

Spilcker, Axel, Gewaltexzesse im Revier: So weit geht Verbrüderung von Clan-Gangstern und Rockern, Focus-Online, 30.3.2019

Spilcker, Axel, Ich schlag dich kaputt – Wie »Pumpgun« Bilal und sein Clan die Behörden terrorisieren, Kölner Stadt-Anzeiger, 29.3.2019

Spilcker, Axel, Raubüberfälle in Köln – Wie kriminelle Clans ihre spektakulären Coups planen, Kölner Stadt-Anzeiger 17.4.2019

Spilcker, Axel, Teure Sportwagen und dicke Bizepse – Die Clan-Gangster prahlen und protzen bei Instagram, Kölner Stadt-Anzeiger, 30.3.2019

Spilcker, Axel, Wir setzen unsere Razzien in Köln konsequent fort, Kölner Stadt-Anzeiger, 9.8.2019

Stoldt, Till-R, Das gefährliche Unwissen über libanesische Clans, welt.de, 11.7.2015

Storch, Marcel, Capital Bra und Bushido: Gangsta-Rapper in den Fängen der Clans – so gefährlich ist das Rap-Geschäft wirklich, Der Westen, 21.11.2019

Storch, Marcel, Gruppenvergewaltigung in Mülheim: Duisburger Sexualtherapeut hat wichtige Forderung, Der Westen, 11.7.2019

Sundermeyer, O., Dinger, A., Kraetzer, U., Unger, C., Das ganze Dorf lebt vom Geld aus Deutschland, Berliner Morgenpost, 2.8.2019

Tabar, Paul, Bestimmungen und Politiken gegenüber syrischen Flüchtlingen im Libanon, Bundeszentrale für politische Bildung, 26.5. 2016

Tag24, Clan-Mitglieder gehen auf Straße schwer bewaffnet aufeinander los, 14.7.2019

Tag24, Das sind Deutschlands gefährlichste Clans, 2.8.2019

Uchatius, Wolfgang, Verstoßen aus Vaters Land, ZEITmagazin LEBEN, 13.9.2007 Nr. 38

Wagner, Joachim, Richter ohne Gesetz. Islamische Paralleljustiz gefährdet unseren Rechtsstaat, Econ-Verlag, Berlin 2011

Watson.de, Capital Bra rechnet in Video mit Clans ab: Keine Angst vor ein paar Arabern, 1.12.2019

Watson.de, Drogen, Waffen, Geldwäsche: Szene-Kenner erklärt, warum sich Rapper mit Clans einlassen, 26.11.2019

Watson.de, Fler verteidigt Capital Bra und hält Kampf gegen kriminelle Clans für Symbolpolitik, 6.12.2019

Wefing, Heinrich, Scharia? Hier nicht, Zeit online, 9.2.2012

Weiß, René-Pascal, Otto, Vanessa, Amar floh vor den Taliban – und fand in Deutschland die große Liebe, Stern NEON-Redaktion, 15.8.2019

Westdeutsche Zeitung, Kriegserfahrene Männer gründen neue kriminelle Clans in NRW, 12.4.2019

Westdeutsche Zeitung, Problemviertel in Essen: Razzia in Shisha-Bars und Teestuben, 13.4.2018

Wette, Stefan, Ehrenmord-Prozess: Der Clan sprach das Todesurteil aus, NRZ, 22.1.2019

Wikipedia, Beirut

Wikipedia, Clan-Kriminalität

Wikipedia, Geschichte des Libanon

Wikipedia, Intra Bank

Wikipedia, islamische Ehe

Wikipedia, libanesische Küche

Wikipedia, Mardin

Wikipedia, Mhallami

Wikipedia, Sanliurfa

Wikipedia, Tartus

Wikipedia, Taurus-Express

Wöhrle, Christoph, Ehrenwerte Familien: libanesische Clans in Deutschland, Focus Magazin Nummer 16, 2017

World News Plattform, Organisierte Kriminalität: Darum sind Abschiebungen von Clan-Mitgliedern so kompliziert, 9.8.2019

Zwischenbericht der Regierungskommission »Mehr Sicherheit für Nordrhein-Westfalen« zum Thema »Bekämpfung der Clan-Kriminalität« durch Prävention und Strafverfolgung, 2019